あかね書房

結び蝶物語《むすびちょうものがたり》

横山充男
Mitsuo Yokoyama

横山充男
Mitsuo Yokoyama

結び蝶物語

絵 カタヒラシュンシ
Shunshi Katahira

目次

高宮神社

あかりがはじめてその写真を見たのは、中学二年の夏であった。

母親が、ドイツのミュンヘンに出張することになった。大学時代の友人とたちあげた店がうまくいき、外国に支店を出すことになったのだ。

組紐《くみひも》、扇子《せんす》、竹籠《たけかご》、螺鈿《らでん》の箸《はし》、江戸切り子、藍染《あいぞめ》の風呂敷。そういった工芸品、民芸品をあつかう店であった。支店のオープンのために、最低三週間は行かねばならないという。

あかりは内心しめしめと思った。夏休みをひとりで自由に過ごせるからだ。だが、母親の七海《ななみ》は、娘を東京のマンションに残していくのは不安であった。そこで、滋賀県の大津《おおつ》市にいる祖母のもとにあずけることにした。

「おねがい。ママの言うことをきいて。ね、おねがいだから」

年頃の娘をたったひとりで三週間もほったらかしにはできない。仕事に集中できない。だからおねがい、と七海に懇願《こんがん》された。

あかりがまだ保育園に通っていたころ、七海は離婚した。小学三年生ころまでは、ときどき父親とも会っていた。その父親が再婚して、今はもう会わないようにしていた。

女手ひとつで娘を育てる苦労は、あかりなりにわかっているつもりだ。ようやく仕事もうまくいきはじめ、収入も安定してきた。七海は仕事が面白くて仕方がないのだ。まあ、これも親孝行かと、あかりはうなずいたのであった。

祖母の山本和江《かずえ》は、琵琶湖《びわこ》の見える古い家にひとりで住んでいた。年に一回か二回、帰省する母親につれられて一緒に行っていたから、とくにめずらしいこともない。たいくつな三週間になりそうだから、A4判のスケッチブックをもっていくことにした。美術部の夏の課題に、琵琶湖の風景を描こうと思ったのだ。

新幹線で京都まで行き、琵琶湖線膳所《ぜぜ》駅でおりる。そこから商店街をのぼっていくと、山を背にした住宅街がある。祖母の家はその一画にあった。

下がり松の門柱から入ると、古い木造建築の家がある。ちいさいながらも庭には池があり、縁側では風鈴が鳴っていた。

祖母の和江は、家紋《かもん》デザイナーであった。昼間はほとんど離れのアトリエにこもって仕事をしている。

「タダで食べられると思うなよ。今日から三週間、おまえはわたしの食事をつくる。あとはおまえの自由や。条件としてはわるくないやろ」

世間のおばあちゃんのイメージとはちがい、けっこうずけずけとものを言う。おかっぱの髪は、白髪というより銀髪だった。夏用の作務衣《さむえ》を着て、凛《りん》と背筋をのばした姿はちょっとこわい。

母子家庭で育ってきたあかりは、料理についてはそこそこできた。タダ飯喰《めしぐ》らいの居候《いそうろう》で気をつかうより、そのほうが気楽だろう。あかりは「いいよ」とうなずいた。

母の七海と来るときは、たいていお盆か正月であった。それも二泊か三泊で、墓参りや初詣《はつもうで》、九州から帰省した伯父《おじ》さん家族と話しているうちに、すぐに東京へもどる日になった。

そんなわけで、和江のやっている仕事がどういうものなのか、いまいちよくわかっていなかった。家紋デザイナーだから、美術関係であることはまちがいないが。

考えてみると、あかりが美術部に入ったのも、和江の遺伝子を受け継いだからかもしれなかった。母の七海がやっている仕事も、わりと近い分野ともいえる。

あかりははじめて和江の仕事に興味をもった。

離れのアトリエに入ることは、とくに禁止されているわけでもない。あかりは翌日にはもう、和江のアトリエに入ったのであった。

和江はとくにいやな顔をするでもなく、またよろこぶでもなく、一冊の本をわたしてくれた。

和江のアトリエには、家紋を手描きするための大机と、パソコンで描くための小机がならんである。あとはソファと、筒状にまるめられた紙や画材、書棚《しょだな》、ちいさな冷蔵庫。真夏なのでクーラーがよくきいていて涼しかった。

「手に汗をかくと、絵を汚《よご》すからな。扇風機《せんぷうき》は紙を飛ばすし」

ソックスを二枚重ねではいた和江は、そう言った。

ソファに腰をおろし、あかりはわたしてくれた本を開いた。家紋のサンプルを載《の》せた本であった。家紋の歴史や変遷《へんせん》がまず書かれてあり、あとは何千という家紋が分類されて載っていた。

「きれい」

あかりは思わずつぶやいていた。結婚式のときの着物とか、落語家の羽織とか、戦国時代の武将の旗《はた》とか、そんなものに使われているもの、というイメージしかなかった。一族や家柄をあらわす単純な印《しるし》というイメージだ。だが、こうして本でみると、これはもう完《かん》璧《ぺき》なデザインで、洗練された芸術作品とさえ思えた。そして、意匠《いしょう》ということばが、デザインのことだとはじめてこの本で知った。

藤、矢、鳥、桔梗《ききょう》などに分類され、それぞれがまた意匠を変えて紋が作られている。たとえば藤だとすると、下がり藤、上がり藤、藤巴《ふじどもえ》、左ひとつ藤巴などに分かれていく。矢だとすると、ふたつの矢をばってんに重ねた違い矢、それを丸い円でかこむと丸に違い矢となる。一枚矢もあれば、鏃《やじり》までついた矢もある。それらが白抜きで描かれたり、黒抜きで描かれたり、変化は無限である。

「その本には、二百四十種類、五千百の紋が載っている。どや、ええもんやろ」

だじゃれをこめながら、和江はにやりとしてパソコンにむかった。

家紋。

家系や血統などをあらわす紋章である。

古くは平安時代後期あたりからあったようだ。世間のひとがよく目にするようになったのは、武士がおこった鎌倉時代あたりかららしい。兜《かぶと》や旗《はた》などに家紋をいれて戦った。それを旗印にして、結束をかためていった。江戸時代になり、戦《いくさ》がなくなると庶民の間でも家紋が流行し、今に至るらしい。

「うちの家紋はなに?」

あかりはたずねた。これまで関心がなかったのに、ふと興味がわいたのだ。

和江はパソコンにむかったまま答えた。

「蝶《ちょう》や。蝶紋にもいろいろあって、揚羽蝶《あげはちょう》や浮線蝶《ふせんちょう》、二匹《ひき》がむかいあわせの対《むか》い蝶《ちょう》、風車のように意匠された蝶車《ちょうぐるま》なんぞは華やかなもんや。うちの家紋は、ちょっとめずらしい二つ蝶や。本で見てみ」

あかりは蝶の分類のページをめくってみた。

たくさんの蝶が、さまざまなデザインで紋に描かれていた。源氏蝶、光琳胡蝶《こうりんこちょう》、細八角備前蝶、天人蝶、鎧蝶菱《よろいちょうびし》……、あった。二つ蝶。

二匹の蝶が、わずかに羽を重ねるようにして、天にむかって飛び立っている。仲良く飛び上がっているようにも見えるし、左右それぞれの方向にむかって別れていくようにも見える。

背中をむけたまま和江が言った。

「蝶紋は平家の流れをくむといわれるが、わたしらの祖先は一般庶民や。明治時代に京都で和菓子屋さんをやっておったときに、二つ蝶を家紋にしたみたいやな」

「ご先祖は京都にいたんだ」

亡《な》くなった祖父は、滋賀県庁に勤《つと》める公務員だったと聞いている。和江はひとり娘だったので、婿《むこ》にきてもらったらしい。

では、曾祖父《そうそふ》は何をしていた人なのだろう。

「和江さんのお父さんは、何をしていた人なの」

和江は孫《まご》に、名前で呼ばせている。おばあちゃんと言われるのがいやらしい。

「大学の先生や」

京都で和菓子屋さんをやっていたというご先祖は、もっと前の人らしい。

和江はパソコンにふたたび集中した。家紋デザイナーという仕事は、伝統的な家紋を実寸大に描くこともあれば、新しい家紋の創作もやる。

たとえば店にかける木の看板に家紋を彫るとき、実寸大の家紋があれば、彫り職人も仕事がしやすい。また新会社を起《お》こしたときや若い人が結婚するときに、新しい社紋や家紋をつくったりする。けっこう仕事はいそがしいようだった。

二つ蝶の家紋を見ながら、あかりは思った。何代か前の（明治時代らしい）祖先が、二つ蝶という家紋を選んだのはなぜだろう。

あかりは思いもかけず、ご先祖様に興味をもちはじめていた。

「和江さんのおじいさんやおばあさんの写真とか、そういうふるい写真は残ってるの」

あかりがたずねると、和江はパソコンの机からふりむいた。

「見たいか」

「まあ、ちょっと興味をもったから」

和江はあかりの目をみつめた。それからうなずいた。

「わたしの母親が几帳面《きちょうめん》なひとでな、ちゃんと整理して、アルバムに残しておる。たしか祖父母の写真もあったと思うが。納戸《なんど》にしまってあるから、お昼を食べたあとでええやろ」

和江はそう言って、ふたたびパソコンにむかった。


昼は和江のすきな冷やしうどんを作ってあげた。

裏庭にちいさな菜園があり、きゅうりやトマトなどの夏野菜が実っていた。採《と》れたてのきゅうりを短冊切《たんざくぎ》りにしてうどんにのせると、体がすきとおっていくような味がする。

あかりはこの家にくると、なぜかよく眠れる。昼ご飯をすませ、食器を洗うとたんに眠くなる。縁側からは琵琶湖の涼風が入ってきて、竹で編んだ枕でよこになると、風鈴がここちよい音を奏《かな》でる。いつもすぐに眠りにおちた。

昼寝はいつも三十分くらいだった。目がさめると、扇風機がまわっていた。和江がつけてくれたのだろう。もうアトリエに入ったのか、姿は見えなかった。座敷の漆塗《うるしぬ》りの座卓《ざたく》に、古いアルバムが二冊積まれていた。

アルバムは、表紙に錦織《にしきおり》の布がはられたものだった。もともとは綾錦《あやにしき》のあでやかなものであったろう。今は古びて、織り糸がほつれているところもあった。

一冊は和江が少女だったころのもので、両親や祖父母などが写っている。ほとんどが戦後のものであった。どれもテレビや映画で見るような昭和時代の服装で、今とおなじおかっぱ頭の和江がかわいらしかった。写真は台紙に貼り付けられている。写された時と場所、あるいは名前などが、写真の下に書かれていた。

二冊めは、さらに古い時代のものであった。写っている人々は、戦時中の服であったり、着物姿であったりした。写された人や場所などは、一冊めにくらべるとあまり書かれていなかった。そのために、だれがどういう人なのかよくわからない。同じ家族で撮った写真が何枚もあるので、それが山本家の先祖であるらしいことはわかった。

すべて白黒の写真であり、今のものよりサイズが小さかった。写真が劣化《れっか》しているのか、カメラそのものの機能がよくないのか、どの写真も少しぼやけ、色あせている。こういうのをセピア色というのだろう。

いちばん最後のページに、台紙そのものがちがうものがあった。べつのアルバムからはずして、ここにはさんだもののようだ。しかも貼られている写真は一枚だけであった。そして明らかにその古さがちがった。

神社のような建物のまえで、初老の男女が立っている。男は着物姿にハットをかぶり、女はやはり着物で日本髪を結っていた。

写真を見るなり、あかりはこの人たちを知っている気がした。おそらくこれが和菓子屋をやっていたという夫婦だろう。写真の下に「初代当主」と書かれていた。

見ていると、ふしぎになつかしい気もちがわいてくる。血のつながりや遺伝子というものが、あかりの脳細胞に働きかけているのだろうか。

あかりは台紙の裏を見た。ほかに写真があるかもしれないと思ったのだ。だがそこには、小筆で書かれたものと思われる墨の文字があった。すべて、ひらがなであった。

たかみやのおやしろ　おほかみ

さらに数行分あけて、

おほしこ
しもごりやう

と書かれていた。

いったい何のことだろう。

意味もわからないのに、心がみょうにざわつく。

そしてとつぜん、あかりの胸の奥のほうから、大きなうねりのようなものがわき起こった。


あかりは次の日、電車に乗っていた。何かに突き動かされているような感じがする。じっとしていられないような気分であった。

和江には、美術部の課題をこなすために神社のスケッチに行くと言って出てきた。

和江は「暑いから帽子と水筒を忘れんように」と言って送り出してくれた。

昨日、写真の台紙に書かれた文字に心をゆさぶられ、あかりはいろいろ調べてみた。写真に写っている場所が、滋賀県の甲賀市《こうか》にある神社だというのは、わりあいすぐにわかった。

神社が写っているのだから「おやしろ」はお社だろう。「たかみや」は神社の名前にちがいない。「おほかみ」は、大神か狼だろう。

スマートフォンで検索すると、けっこうたくさんヒットした。それほど時間をかけずに、写真とよく似た神社を見つけることができた。

高宮神社。たぬきの陶器で有名な信楽《しがらき》の近くにあるらしい。動画などもたくさんあり、ここでまちがいないと確信した。

心はみょうにおちつかない。何かに急《せ》かされているような。運動会でスタートラインに立っているような。あるいは、はるか遠くから呼ばれているような、心の中に欠けた部分がありそれを埋めに行くような……、とにかくうまく説明できない感覚であった。だがどこか心地よい。

東京からもってきたA4のスケッチブックをリュックサックに入れて、信楽高原鐵道《てつどう》の終着駅についたのが昼過ぎであった。

そこはまるでたぬき御殿のような世界だった。駅前には五メートルちかい巨大なたぬきが置かれている。陶器屋の店先には、何千というたぬきがならんでいた。ゆっくり観光をしたいところだが、今日はがまんするしかない。

駅前の店でサンドイッチを買って食べ、レンタルの自転車をかりて出発した。高宮神社のある多羅尾《たらお》地区は、ここからまだだいぶ山のほうだった。

観光地である信楽をぬけると、とたんに田舎の風景になる。道は舗装されており、自転車も走りやすかった。ただ、暑い。山の緑がまぶしく、セミの声がうるさかった。

汗をかきかきペダルをこいでいく。暑さをごまかすために、高宮神社について調べたことを頭で整理する。


高宮神社は滋賀県甲賀市信楽町多羅尾にある。

この神社の主祭神は火産霊神《ほむすびのかみ》である。火之迦具土神《ひのかぐつちのかみ》ともいう。防火の神であるとともに、鉱山、製鉄、農機具や刃物、陶磁器製造などの守護神でもある。信楽町は有名な陶器の生産地であり、そのためにこの神が祀《まつ》られていると思われる。

現在の社殿は江戸時代、安政六年（一八五九）に建てられたもので、木造平屋建の檜皮葺《ひわだぶき》である。近江国の名工高木作右衛門が棟梁《とうりょう》をつとめて建築された。深い杉林の奥にあり、荘厳な雰囲気のただよう神社である。

この神社は別名「狼神社」とも呼ばれる。ご神体を祀る本殿の扉前に、狼の像が置かれている。

伝説によれば、猟師の男が、高宮神社にいた狼を鉄砲で撃とうとすると、狼の鳴き声がし、鉄砲をさげると鳴き声がやんだという。またこの神社の狼は、善人と悪人とを見分けたという。別の伝説によれば、信心深いひとが峠道を通ると、安全なところまでつれていってくれたらしい。夜になると、村や家々を見回り警戒もしてくれたという。

しかし、なぜこのような狼が、この高宮神社に居ついたのか。それは定かではない。

また地名である多羅尾は、長くこの地を治めた一族の名でもある。天正十年（一五八二）の明智光秀軍による織田信長殺害のとき、窮地に立たされた徳川家康が、このあたりをぬけて伊賀方面へと逃げ延びたことは有名である。この地に城をかまえていた多羅尾氏が、家康の伊賀越えをたすけたとも言われている。しかしそれも、真偽のほどは定かではない。

調べたことを思い出しながら走っていると、とつぜん大きな石灯籠《いしどうろう》と鳥居があらわれた。あたりに民家もなく、山すその川沿いの場所であった。石柱に「高宮神社」と彫られている。鳥居のむこうには、深い杉林にかこまれた参道がのびていた。

静かである。

こんな山の中なのに、思ったよりもずっとりっぱな神社であった。けれどだれもいない。ちょっとこわい。でも、行かねばと、あかりは自転車をおりた。

参道の両側には古木の杉がずっとつづいている。あんなにうるさかったセミの声も、どこか遠くから聞こえてくるだけであった。

ふたつめの鳥居からは石段があり、そこを登ると正面に社殿があった。

やはり、だれもいない。

だが、境内はきれいに清掃され、おごそかで清澄な空気が満ちていた。地元のひとたちが、きちんと管理しているのがわかる。観光客をたくさん呼び込むようなちゃらちゃらした神社ではないのだ。

夫婦が写っていた写真でも、まわりにはだれもいなかった。ということは、祭りや観光などで来たのではないということか。だったら、何を目的にこんな山の中の神社に来たのだろう。

資料で調べたとおり、社殿は古いが風格のあるりっぱなものであった。

社殿のまわりも背後も深い杉林である。

あかりは手水舎《ちょうずしゃ》で手を洗ってから参拝した。石の狛犬《こまいぬ》がちょっとこわかったが、本殿のまえにたち、両手を合わせた。それから本殿の扉のあたりをのぞきこんだ。木彫りの狼がおかれているはずだった。

いた。

かわいい。

思っていたよりもちいさい。高さ二十～三十センチくらいだろうか。木彫りの狼が、本殿を守るようにすわっている。

ここ高宮神社は、「狼神社」とも呼ばれ、狼ファンには有名な神社であった。そのわりには、狼がちいさい。まるで秘するように、ひっそりとおかれている。そんな疑問が頭をよぎったが、あかりは手水舎のあたりまでもどり、リュックサックからスケッチブックを取り出した。

対象に迫るには、スケッチがいちばんだった。描いているうちに、対象の内面や秘されている部分が見えてくる。正確にスケッチするほど、ふしぎにも見えないものが見えてくるのであった。あかりは経験でそれがわかっている。

ご先祖の夫婦が、どうしてこんな山の中の神社にきたのか。どうしてそれが気になるのか。スケッチすることで、それがわかるかどうかは不明だ。けれども、どうしてもここへ来たかった。この神社を心の中に入れたかった。だから、スケッチする。

あかりはふうっと息をついて、気もちを整えた。両手の指をつかって、四角い窓をつくり、スケッチの構図をきめる。鉛筆をとりだし、さっと線をひく。

あとは時間のない時が流れていく。

スケッチに集中しているときの時間は流れがちがう。

集中しているせいなのか、麦わら帽子をかぶっているせいなのか、暑さはさほど感じない。

時間があやふやになり、そのくせ充実した時間が凝縮し、あるいは膨張《ぼうちょう》し、また渾然《こんぜん》一体となり、けれどもあかりと神社との間には静かな客観性が張りつめている。

画用紙の中にスケッチされた神社があらわれてきたとき、あかりの頭の中に、ふいにあることばが浮かんだ。

テンショウジュウネン。

天正十年。

迷い人

朝餉《あさげ》をすませると、セツはご城下《じょうか》にむかった。

背中の籠《かご》には干した薬草が入っている。薪《まき》にくらべたら軽いものだ。

「らくちん、らくちん」

お母《かあ》にいわれ、薬屋まで届けるのだった。

セツの家は山の奥にある。お父《とう》は樵《きこり》や炭焼き、猟師や荷運びなど、できることはなんでもやって暮らしをたてていた。お母は山の斜面を拓《ひら》いた畑で、野菜やお茶を作っていた。薬草摘みも、銭を得るための仕事のひとつである。

山の緑は色を濃くし、空もだんだん夏らしくなっていく。

鳥たちがあちこちでうれしそうに鳴いていた。

セツは今年、十一になった。来年は、信楽にあるお屋敷に下働きに出ることになっている。

できれば山の家で、お父とお母といっしょに暮らしたかったが、四人も弟がいるから食い扶持《ぶち》を減らさねばならない。

薬屋のおかみさんは、お母のおさななじみでもある。セツがこうしてお使いで薬草を届けると、たいていい何かをお駄賃にくれた。今日は切り干《ぼ》し芋《いも》だった。干し芋も、夏になり、そろそろ保存がきかなくなってくる時期だった。帰りの道々で食べろということだ。

「ありがとう」

セツは礼を言って、切り干し芋を懐《ふところ》に入れた。焼かずにそのまま食べても甘い。弟たちに半分残してやろうと思った。

薬屋に薬草を届けると、いつもいそいで帰る。わるガキたちがちょっかいを出してくるのと、鎧兜《よろいかぶと》をつけた侍《さむらい》たちを見るのがおそろしいからだ。戦国のご時勢とはいえ、やっぱり槍《やり》や刀は見るのもこわい。

とくに今日は、いつもに比べて、甲冑《かっちゅう》姿の侍が多いように思えた。合戦につかう馬もあちこちでいなないていた。なんとなく騒然としているのだった。

もともとご城下は、セツにとってはおちつかないところだ。小川城《おがわじょう》のまわりには、たくさんの家が建ち、町になっている。にぎやかだが、気もちがおちつかない。京の都や安土《あづち》ではもっと大きな城があり、見渡すかぎりどこまでも家が並んでいるという。長い道の両側には市《いち》がたち、そこで買えないものはないくらい、いろんなものを売っているらしい。

セツには想像もつかないことだが、お父がときどき話してくれる。美しい建物や、きれいな着物をきた女のひとがたくさんいるという。

でも山の中がいちばんいい。セツはそう思う。

谷間に咲く花や、蝶々の羽や、てんとう虫の模様や、若葉や紅葉、岩の下から流れてくる清水や枝先で鳴く小鳥の声。山にはきれいな色や音が満ちている。やっぱり、山がいちばんいい。

籠が空になったので、山菜でも摘んで帰ろうとセツは思った。この時季なら、こごみや蕗《ふき》、きくらげなど、いろんなものが採《と》れた。

ご城下を離れるとすぐに山の中だ。お斎峠《ときとうげ》へと続く街道をそれ、セツは山道へと入った。

このあたりの山はそれほど高くないが、谷筋が無数にあり、ひとつまちがえば迷ってしまうところだ。もし迷っても、空にむかってどんどん登ればやがて尾根に出る。伊勢のほうはいっぺんにひらけているので東とわかる。ふりかえって山がうねうねと広がっているのが西である。尾根は南北に伸びているので、とりあえずてっぺんまで行くと方角がわかるのだ。

だがそのことを知らないと、とんでもなく深い山に迷い込んだ気もちになる。

今は戦国の世、このあたりを治めている多羅尾様は、他国の軍勢が攻めてきても地の利を生かして山の中で戦《いくさ》をしかけた。敵の軍勢は方向がわからなくなり、右往左往しているうちにばらばらとなり、戦力を失うという。

だからこの地は、長く平穏に安堵《あんど》が続いているのだ。これもお父から聞いたことだ。

このあたりで山ふきと呼ぶほそい蕗が、ちょうどいまごろ採れる。あく抜きをしなくても食べられるので、汁物に入れたり味噌をつけたりするとおいしい。水を好む山ふきは、谷のきれいな水が流れるところにある。セツは道をそれて、目当ての谷へと入った。

ほとんど道らしいものはない。深い樹林の中にある岩や斜面の凹凸で、方向を定めるのである。ときどき動物たちが通るのか、獣道《けものみち》のような細い筋が、眼をこらせばかすかに見える。

セツは斜面の上のほうに気配を感じて立ち止まった。

「三日月。こんにちは。お供してくれるのか」

よく知っている狼がいた。セツが小さなころからの知り合いだ。眉間《みけん》のあたりに三日月のような白毛があるので、セツは三日月という名をかってにつけていた。

狼は山神様のお使いだと、お父はいう。正月には、貧しいながらもごちそうをつくるが、狼にも食べてもらう。皿にのせて、家の前においておくのだ。樵の仕事のときは、切ってもいい木かどうかを、狼に聞くという。切る予定の樹木の下に、斧《おの》をたてかけておき、一晩たっても倒れていなければ切ってもいいのだ。どちらにせよ、それは狼が山の神の意を伝えているのだという。

セツはもっと小さなころ、山道で迷ったことがある。そのとき道を案内してくれたのが三日月だった。あんなに道がわからなかったのに、藪《やぶ》を出るとそこはお母が作っている畑であった。それ以来、セツは三日月を見るたびにお礼をいい、声をかけた。

セツがふたたび歩きだすと、斜面のうえのほうを三日月もいっしょに歩いているのが見えた。

左の斜面から水の匂いがしてくると、まもなく小さな滝が見えてくる。そのまわりに、山ふきが群生しているのだった。だが、セツは立ち止まった。そこに見知らぬ人がいたのだ。侍であった。滝近くの岩に腰をおろしていた。

三日月はこのことを知っていたのだ。だからセツに、それを知らせようとしたのだ。

侍は足音に気づいたのか、うつむいていた顔をあげた。よほど疲れているのだろう、蒼《あお》白《じろ》い顔をしていた。けれども目には異様な力があり、ぎろりとした大きな瞳であった。若くもない。かといって、老人でもない。

鎧兜をつけていないので、小川城の侍だろうか。それにしては、脛当《すねあ》てをつけている。草《わら》鞋履《じば》きで、どこか遠くから来た人のようにも見えた。袴《はかま》も足袋《たび》も、着物も絹織りだった。身分が高そうだが、烏帽子《えぼし》もかぶっていない。みょうに中途半端な感じがした。

この距離ならまだじゅうぶん逃げられる。セツはそうふんで、ゆっくり踵《きびす》を返そうとした。

「すまぬが、道をおしえてくれぬか」

侍が声をかけてきた。

もういちどセツがふりむくと、侍は腰掛けていた岩からゆっくりと立ち上がるところだった。

「道に迷い、難儀《なんぎ》しておる。伊勢のほうへ抜けたいのだが。わかるか。伊勢だ」

セツはだまったままうなずいた。

「わしは怪《あや》しい者ではない。供の者とはぐれてしまい困っておる」

侍の話に嘘《うそ》はなさそうだった。だいいち、こんな谷間にひとりでいるなんて、どう考えても道に迷ったとしか思えない。だが、こんな谷間に迷い込んでくるのも変だった。伊勢のほうへ行きたいなら、お斎峠への街道を登っていけばいいだけだ。迷うような道ではない。

どちらにせよ、山で難儀している人はたすけてやらねばならない。それが山に住む者の流儀でもある。ただし、旅人にはときどき悪さをする輩《やから》もいるので、油断はならなかった。

「お侍さんは、どこから来た」

薄汚《うすよご》れた山の娘に無礼な質問をされたと思ったのか、侍は一瞬、黙《だま》り込んだ。それからぎろりとした目でセツを見た。セツの背筋がひやりとして、心臓がとくりと鳴った。おそろしい目の光であったが、その目をふっとやわらかくすると、侍は答えた。

「用があって大坂の堺《さかい》へ参っておった。急用ができてな、供の者と山越えをしてきたのだが、はぐれてしまい道に迷うてしもうた」

「伊勢へもどりなさるのか」

「いや、家は三河《みかわ》の岡崎だ」

山住みの粗末《そまつ》なものしか着ていない小娘の問いかけに、こんどはうってかわって素直に答えはじめた。セツは、みょうなお侍だと思った。

それに三河の国へ行くには、ふつうはお斎峠の道は通らない。信楽から神山を通り、桜峠から伊賀、関、亀山へとぬけて行く。そのほうが道は平坦だし、迷うこともない。ふたたび疑うような目でセツが見ると、侍は心底困ったというような顔をした。

「じつは、逃げておるのだ。悪事をはたらいて逃げておるわけではない。どうじゃ。わしが悪党に見えるか」

セツは首をよこにふった。命のやりとりをしている侍は、たいてい眼光がするどいものだ。それだけで悪人ときめつけてはいけない。

「なぜ逃げているかも、聞きたいか」

ほんとは聞きたかった。けれどそこまで聞くのは、あまりにも無礼だとセツは思った。セツはもういちど首をよこにふった。戦国の世だ。逃げたり追いかけたり、それは侍にとってはふつうのことだろう。

「三河の国へもどるのなら、桜峠を越えていくほうがいいよ。でも、ここからではいったん尾根に出て、尾根道を行くことになる。いちばん近い峠は、お斎峠だけど、遠回りになる」

「お斎峠も桜峠も通らずに、伊賀へぬける道はないのか」

ますますみょうなことを言う侍だと、セツは思った。

「諏訪《すわ》というところに抜ける道はある。けど、きついかもしれへんよ」

「とりあえず柘植《つげ》というところまで行きたいのだ。その諏訪という所からは近いのか」

柘植という地名は知らない。だけど、諏訪には親戚の家がある。お母の実家のあるところだ。そこまで連れていけば、なんとかなるかもしれない。

「柘植は知らんけど、諏訪には親戚の家がある。そこでまた、道案内をしてもらえばいい」

「ありがたい話だが、……そなたが案内してくれればいちばんいいのだが。もちろん、礼はする」

「お父とお母が心配するといけないから、うちが案内できるのは諏訪までや。今から行っても、帰ってこられるのは夕方になるし」

「そうだな。勝手を言ってすまなんだ。頼る者もいないので、そなたにあまえてしまった。では、尾根まで案内してもらい、そこからは下る道を教えてくれるか」

「ほんとに、尾根までででええのか」

「だいじょうぶだ。あとはなんとかなる。なんとかならねば、それが天から与えられたわしの運命というものだろう」

侍はときどき大げさなことをいう。山道に迷っただけなのに、とセツは笑いそうになった。

いったん家にもどり、お母に事《こと》のなりゆきを報告したほうがいいかなとセツは思った。しかし尾根までなら、それほど時間はかからない。だったら、このまま登るほうが侍にとってもいいだろう。セツはそう判断して、こくりとうなずいた。

「かたじけない。恩にきるぞ」

侍がそう言ったとたん、斜面の上のほうで狼の遠吠えがした。

「山犬がおる。あれは狼だろ」

侍は樹林の奥のほうを見上げて言った。顔がこわばっている。

「だいじょうぶや。あれは三日月いうて、やさしい生き物やから」

セツがそう言うと、侍は不審《ふしん》げにした。

「仲間を呼んで、わしらを襲うのではないのか」

「三日月はそんなことしない。ちっちゃいころからのともだちや」

狼とともだちと聞いて、侍は驚いていた。それから急に口もとをゆるめてほほえんだ。何かを理解したみたいにうなずいた。こんなやさしげな顔もするのだと、セツは思った。

「では、案内してくれ」

侍はそう言って、岩場にたてかけていた木の枝を手に持った。どうやら足をくじいているらしい。

いい。

「痛むのか」

「たいしたことはない」

山で足をくじいたときの辛さはセツにもよくわかっている。ほうっておくと、歩けなくなるほど痛む。何か事情があり逃げているらしいが、それならなおさら痛みをとるほうがいい。

「お侍さん。足を見せてくれるか。どのあたりが痛い」

そう言いながら、セツははじめて侍のそばに寄っていった。もし何かあれば、三日月が反応してくれるはずだ。危険を察知すれば、うなり声もあげるだろう。だが、三日月は樹林の間から、じっと見守っているだけだった。

セツは侍のそばまで行きしゃがみこんだ。

侍のはいている足袋は、山道をさまよって汚れてはいるが、光沢のある絹であった。その足袋をめくると、左足の足首がわずかに腫《は》れていた。こすったような傷はあるが、たいしたことはなかった。けれど歩けば痛むだろう。痛めば体力も消耗《しょうもう》する。

セツは滝近くにたくさん生えている蕗を、根元から一本ぬいた。滝の清水で洗い、葉と茎《くき》と根の部分に切り分けた。

「その小柄《こづか》のようなものは何だ」

蕗を切り分けるとき、セツが腰のうしろに差していた小刀を取り出したのを見て侍が言った。

セツは小柄がどういうものか知らないが、問いかけには素直に答えた。

「クナイ。これをもっていると、苦しいことがない。だからクナイ。こうやって菜を切ることもできるし、木も削れるし、何かあったときは身を守れる。なんでも使えるよ。お父からもらったものや」

このクナイは、お父がこどものころに、お父のお父が、こども用に作ってくれたものだという。刃の形状は刀でもないし槍でもない。どちらかというと、鏃《やじり》に似ていた。鏃の刃先をのばし、大きくしたような形だ。切ることもできるし、突き刺すこともできる。

セツの説明を、侍は興味深そうに聞いていた。その間も、セツはてきぱきと侍の足首の処置をした。いくつかに切った蕗の根を、石ですりおろす。それを清水で冷やした蕗の葉にのせ、足首の患部に湿布薬として巻きつけた。そのまま足袋をはかせてもよかったのだが、長く歩けばずれてくる。つる草でもないかと、セツはきょろきょろとあたりを見回した。

「これを使え」

侍が懐から手拭《てふ》きを取りだした。木綿地に、藍色《あいいろ》で葵《あおい》の葉が染め抜かれたものだった。

「きれい。でも、よごれてしまうよ。もったいない」

「気にするな。手拭きだ。使ってくれ」

セツはうなずくと、手拭きで蕗の葉を足首に巻きつけて締《し》めた。

「これで少しはましなはず。諏訪まで行ったら、ちゃんと薬を塗ってもらうんやで」

「わかった。かたじけない。さすが、山の娘だ」

礼を言われててれくさかったが、セツはこくっとうなずいた。

「お母に習った。お母は娘のころ、薬種問屋で下働きしていた。だから、薬草のことは、なんでも知っている」

尾根筋に行くには、滝をまわりこみ、まっすぐ斜面を登ることもできる。だが、侍の足のことを考えると、もっと楽な道をとることにした。いったん道を引き返し、斜面の「棚」に出た。

山の斜面には、よく見ればいくつもの棚がある。要するに段差である。それをうまく利用すれば、体力を消耗せずに登ることができる。樵や猟師たちが歩く山道は、そうした段差を利用しているうちにできたもので、形状はじぐざぐ道になる。道がなくても、その段差を見分けることができれば、そこに「道」が見えてくるのだった。

「ここを登るよ」

セツが深い樹林の斜面を見ながらそう言った。

「道がないが、だいじょうぶか」

「うちの歩くところをそのまま歩いてくれたらだいじょうぶや。うちには、道が見えてるから。これもお父から教えてもらった」

侍は自分にはどうして道が見えないのだろうかと、何度も目をこらして斜面を見ていた。その様子がおかしくて、セツは笑った。笑いながら、棚のことを説明した。

なるほどな、と感心したように侍はうなずいた。

セツが前に立ち、ゆっくりと登りはじめた。三日月は姿を見せないが、きっとどこかから見てくれているはずだ。遅れがちな侍を気遣いながら、セツは尾根をめざした。

登りはじめると、侍はすぐに息をきらしはじめた。侍はがまん強い男で、息がきれても弱音を吐《は》かなかった。

しばらく登ると、水のにおいがしてきた。

セツは立ち止まると言った。

「ここが最後の水場やから、休んでいこう」

さっきの滝の上流にあたる場所であった。ぐるりと遠回りをしたが、急登《きゅうとう》を避けてきたので、セツはほとんど疲れていなかった。だが、侍は汗をびっしょりかいて、いつのまにか着物の前がはだけ、胸のあたりが丸見えになっていた。

最後の水場は小さな沢で、苔《こけ》むした岩の間から幾筋かの水が流れ出していた。ここから上には、もう水の流れはない。

セツは蕗の葉をとり、それを杯のようにして水をくんだ。はあはあと息をしながら座り込んでいる侍にあげると、うれしそうにうなずいた。

「うまい」

「もっと飲むか」

「いただこう」

セツは侍に三度も水を汲《く》んでやった。そのあと、自分の手で水をすくい二口ほど飲んだ。いつもの山の水だ。侍が言うほどうまいとは思わなかったが、「うまい」と真似《まね》をして言った。

セツは侍から少し離れたところに腰をおろした。

「お侍さん。腹はへっていないか」

「朝餉はじゅうぶんいただいた。だが、そろそろ腹もへってきたかな」

「こんなものでいいなら、食べるか」

薬屋のおかみさんからもらった切り干し芋だった。うすく白い粉がふいている。腹がふくれるほどはないが、甘みは体の疲れをとる。

「ほう。干し芋か。なんとなつかしいことだ。こどものころは、ときどき口にした。ずいぶん長いこと、食していなかった。ありがたくいただくことにしよう」

セツが両手にのせて差し出すと、侍は半分だけとった。残りの半分はセツのために残してくれたのだ。

侍は切り干し芋を、ひとつひとつ味わうように口に入れては咀嚼《そしゃく》した。

「うまいもんだのう」

満足げにそう言ってくれると、セツもうれしくなった。そんなセツに、侍が続けて言った。

「そなたは食べないのか」

「じゃあ、ひとつだけ」

セツはひとつだけ食べると、残りをまた懐にしまった。

「父と母にもってかえるのか」

「弟。四人もおるから」

「そうか。それはなんとも、もうしわけないことをした。ゆるしてくれ。もう、食べてしもうたので、返すことはできんが」

切り干し芋で、そこまで感謝されるとは思っていなかった。セツはあわてて首をよこにふった。

「弟たちは、山桃やら野いちごやらとって食べているから、だいじょうぶ」

「山の暮らしはたのしいか」

「うん。でも、年が明けたら、信楽のお屋敷にはたらきに出る。でも、お裁縫《さいほう》も教えてくれるみたいやから、うち、がんばる。お母みたいに、なんでもべんきょうするつもりや」

「山が好きなら、ずっと山で暮らせばいいではないか」

「口を減らさないと、みんなが食べていかれへんし。うち」

そこまで言いかけて、セツは口をつぐんだ。いつのまにか、べらべらと自分のことをしゃべっていた。こんなことを、他人にしゃべったのは初めてだった。

「そなたは、家族がすきなんだな」

「お侍さんには、こどもがおるんか」

「いる。たくさんいる」

「たくさん？」

「ああ、たくさんだ。十人以上はいる」

「十人以上って、じぶんの子なのに、はっきり知らへんのか」

「そうだな。数えたことはない。幼いまま亡くなった子もいる」

「お嫁さんは、そんなにたくさんこどもを産んで、きっとたいへんやったな」

「いや、嫁も何人もいるんだ」

「ふへえ。そうか。お侍さんは、お嫁さんが何人もおるって、聞いたことがある。じゃあ、みんないっしょに暮らすと、にぎやかかやな」

「いや、みんないっしょに暮らしているわけではない」

「どうして」

セツの率直な質問に、侍は答えに窮《きゅう》していた。しばらく考えてから答えた。

「人質《ひとじち》だ。人質として、あちこちの城に渡している。仕方のないことなのだ。わしも三歳のときに、人質に出された。わしの一族郎党が、裏切らないために、同盟を結んだ城に人質に出される。わしの一族郎党が裏切れば、わしも殺される。何度も何度も、殺されそうになった。そのたびに、わしはなんとか生き延びてきた。そうして気がつけば、わしもまた、子を人質に出している」

セツはお父から、そんな話をいつか聞いたことがある。城持ちの武将たちは、お互いが裏切らないために子や母親を、相手の城に人質として差し出すと。

だが、一族郎党が生き延びていくためには、時には裏切ってほかの武将と同盟を結ぶこともある。そのとき、人質は殺されてしまう。なんておそろしいことだとセツは思った。ただ、お父の話はどこか遠くの出来事として聞いていた。今、目の前の侍から話を聞くと、にわかに現実味をおびてセツの胸にせまってきた。

いくら同盟のためとはいえ、なんとむごいことだろう。この侍は、三歳のときから何度も人質としてあちこちの城にあずけられたという。いつ殺されるかもしれない恐怖をかかえて、幼い時から生きてきたのだ。そして自分が大人になったら、こんどは自分のこどもを人質に出す。

この侍は「わしの一族郎党」のために生きているのであって、「わしの家族」のためではないのだ。かわいそうな人だと、セツは思った。

ということは、この侍は城持ちの武将なのだ。とてもえらいお侍なのだと、セツは目をまるくしてもういちど見た。

セツの暮らしているあたりは、昔から多羅尾様が治めている。ご城主のお館様《やかたさま》を遠くから見たこともある。りっぱな着物を着て、りっぱな馬に乗っていた。それにくらべて、この侍はずっと弱々しかった。目だけが、人の心を射抜くような力がある。その目は、これまでよほど辛いことや悲しいことを見てきた目でもあるのだ。

武将というのは、もっと猛々《たけだけ》しく、りっぱで、そのくせきらきらしいものだとセツは思っていた。だとすると、この侍は武将には向いていないのかもしれない。たまたま一族郎党の長《おさ》の子として生まれ、生き延びてきたからそのまま一族郎党の長として生きているのだ。

やっぱり、かわいそうな人だとセツは思った。

「でも、三河の岡崎には、みんなじゃないかもしれへんけど、家族がおるんやろ」

「ああ、いる」

「じゃあ、無事に帰らんとあかんね」

セツがそういうと、侍はちょっと驚いた顔をして、うむとうなずいた。

「そなたの家族はたのしそうだな」

「お侍さんだって、家族といるとたのしいやろ」

「そうだな」

侍はあやふやに答えただけだった。

そろそろ出発しようと、セツが腰を浮かしかけると、侍が言った。

「わしも、いつかこんな山の中で静かに暮らしたいものだ。誰も裏切らないで、わし自身も心に正直なままで」

「心に正直って？」

「人はたいてい二つの心を持って世の中を生きている、とわしは思う。他人を信じる心と、疑う心だ。どちらが人を幸せにするかというと、もちろん他人を信じる心だ。だが、侍はその信じる心を捨てねば生きていけない」

たしかに信じる心と疑う心はある。それは当たり前のことだ。ふたつの心の間を揺れながら生きていく。十一歳のセツにだってそれくらいのことはわかる。だが、信じる心を捨てないと侍は生きていけないというのがわからなかった。

「お侍さんたちが戦をするのは、領地を増やすためなのか。うちらは、この山で暮らしとるけど、べつに領地だとは思ってへんよ。山のものを、ひとりじめしたらいけないって、お父とお母がいつも言う」

「そうだな。領地というのは、ほんとに何だろうな」

侍はぎろりとした目を一瞬細め、ふふっと笑った。それから腰につけていた小さな瓢箪《ひょうたん》に水をつめた。

ここからはもう尾根を越えるまで水場はない。セツも腰の竹筒に水をつめた。

樵や猟師たちが、ときどきこの水場を使うので、わずかに道もある。尾根筋まではあと少しだった。

雑木の林を登っていくと、やがて道は左の杉林へと入っていく。そちらへ行こうとすると、ふいに三日月が現れた。行く手をさえぎるように、こちらを見ている。

「行ったらだめなの」

セツが問うと、三日月はじっと見返してくる。

セツは杉林のほうを見た。陽の差し込まない杉林はもともと暗いが、なんとなく不穏《ふおん》な空気があった。

セツは侍に言った。

「三日月が、杉林のほうに行ったらだめやって。少し後戻りして、また雑木の斜面を上がることになるけど」

「もちろん、わしはそれでいい。しかし、ふしぎな狼だな。人間と心を通わすことができるのか」

変なことをいう侍だとセツは思った。

「三日月だけじゃないよ。鳥やら蝶やら、木や花やって、おんなじや。山で暮らすいうのは、そういうことやって、それを忘れたらいけないって。これもお父とお母に教えてもらった」

「わしには、人間以外の生き物と心を通わす力がない。いや、人とも心を通わすことができないのかもしれん」

「お侍さん、なに言うてるの。さっきから、ずっと、うちとしゃべっているくせに。心があるから、いろんなことをしゃべるんとちがうの」

「なるほど。そう言われてみると、その通りだ」

侍が笑い声を上げようとしたとき、三日月が低く唸《うな》った。

セツは三日月の背後にある杉林を見た。黒っぽいものが、いくつも動くのが見えた。胴《どう》丸《まる》をつけた野伏《のぶ》せりのようだった。野武士の集団で、強盗をはたらく。セツは侍のそでをひっぱり、とっさに藪《やぶ》かげに身を隠した。

やがて声がだんだん近づいてきた。杉林からこちらに向かって来ているのだ。藪かげといっても、完全に身を隠せるわけではなかった。気づかれる恐れもある。このまま斜面を駆け下りることもできるが、そうすればはっきりと姿を見られてしまうだろう。

セツは藪かげから野伏せりたちをのぞいた。槍や薙刀《なぎなた》、弓矢などで武装している。五、六人はいた。殺気だった様子からすると、獲物を追っている感じだった。その獲物は、たぶんこの侍だろう。

侍は戦う決意を固めたのか、腰の刀に手をかけて、いつでも抜けるように構えていた。

さらに足音が近づいてくる。

「世話になった」

小声で侍は言い、おまえはここに隠れていろというふうにセツの肩をおさえた。それから刀を抜いた。セツも背中に差しているクナイの柄をにぎりしめた。

そのときだった。三日月の遠吠えがした。野伏せりたちの足音が止まった。

「おい、ありゃあ、山犬だな。こんなときに縁起でもない」

「吠えているだけだ。かまうな」

「おい、見ろよ。むこうにももう一匹いるぞ」

「いや、こっちもだ。囲まれてるぞこりゃ」

「まさかわしらを襲おうって魂胆《こんたん》じゃないだろな」

三日月が仲間の狼たちを呼び寄せたのだろうか。その狼たちが、さらに遠吠えをする。もっと仲間を呼んでいるのだろうか。

「薄気味悪いな」

「なあに、たかが山犬だ。襲ってくれば斬《き》り殺せばいいさ。いくぞ」

狼たちに囲まれているせいか、野伏せりたちは藪かげにいるセツたちには気づかなかった。急ぎ足でセツたちのすぐ上を通りすぎていった。

ほっとしたのも束《つか》の間《ま》、杉林のほうから別の声がした。

「おおい。家康の一行は、桜峠へと向かったそうだ。手勢も多いらしい。こちらも合流しろという指示だ。もどれもどれ」

いったん通り過ぎた野伏せりたちが、また引き返してきた。こんどは早足だ。セツと侍は頭を低くして身を隠した。

最後の野伏せりが、おや？　という感じで立ち止まった。藪のほうを見下ろしている。

すると通り過ぎた別の野伏せりが言った。

「おい。何をしておる。早くこい」

「ああ、わかった」

立ち止まった野伏せりは、そう答えながらもういちど首をひねった。

「何か光ったような気がしたが。気のせいか」

侍の抜いた刀が陽を反射したのかもしれない。今は抜いたまま背中側に隠していた。

野伏せりは首をかしげながらも、ひとり置いていかれるのが不安だったらしい。そのまま杉林のほうへと駆けていった。

「ふう。たすかったな」

侍が息を大きく吐きながら言った。

「うち、おそろしかったぞ。もうこれで死ぬのかと思った。でも、三日月たちがたすけてくれた」

狼たちはすでに姿を消していた。

「それにしても、狼というのは、ふしぎな生き物だな。やはりあれは、わしらをたすけてくれたのか」

「そうに決まってるやろ。ほかに何があるん」

「でも、どうしてたすけてくれたとわかるんだ」

「わかるからわかるんや。わからへんほうが、おかしい」

「そうか。なるほどな」

「お侍さん、おもしろいね」

セツは緊張がほどけたせいか、くくくっと笑い声をあげた。

杉林をぬけて尾根筋に出ようと思ったが、それもできなくなった。またいったんもどり、斜面の棚をつかって登るしかない。侍もうなずいた。

セツが先頭に立ち、斜面を登っていった。さっきの野伏せりたちの殺気が嘘だったみたいに、森はおだやかで落ち着いていた。木々の青葉から透けて、青空と陽光が見えた。落ち葉と腐葉土《ふようど》と樹液のまざった匂いが満ちている。とくに夏にかけて、山独特のこの甘い匂いが強くなる。鳥たちが鳴き、昆虫たちが草や樹幹を這《は》っている。

「この極楽世界をかき乱すのは、けっきょく武士ってことか」

少し足を引きずりながら、セツの後について登ってくる侍がつぶやいた。

セツは前から思っていたことを問うた。

「お侍たちは、いつまで戦をするんや。最後の大将を決めるまでか」

侍はしばらく考えてから答えた。

「最後の大将を決めても、その大将を倒そうとする者が必ず現れる。大将がいなくても、世の中が治められる仕組みというものがいるのかもしれないな」

「そんなことできるのか」

「いや、そなたに聞かれて、今ふと思っただけだ。そのようなことは考えたこともないが、もしできるなら、新しい世の中がつくれるだろうな。夢のような話だが」

セツには侍の言っている意味がわからなかった。世の中の仕組みという言葉そのものが理解できない。セツが暮らしているこの山にも、たくさんの生き物がいる。山全体で仕組みというものがあるのだろうか。頭の中がごちゃごちゃになりそうで、セツは考えるのをやめた。

そうしていきなり空が開けた。尾根筋に出たのだった。樹木に囲まれているが、尾根筋には細い道もある。左に行けば桜峠の方向だ。右に行けばお斎峠である。このまま南斜面に下りていけば、諏訪の村に行くこともできる。

「きれいな青空だな。こんなふうに、空をきれいだと思ったのは、ひさしぶりだ」

「晴れた空はいつでもきれいやんか」

「世話になったな。名はなんと言う」

「セツ」

「セツか。いい名だ。いろんなものを結《ゆ》い合《あ》わせるという意味の節だろう」

「わからへん。お侍さんは、なんていう名」

「わしか。徳川家康という岡崎の田舎侍だ」

「じゃあ、さっきの野伏せりたちが言うてた家康って、やっぱりお侍さんのことか」

「そういうことだ。わしの首をとれば金になるからな。みんなよってたかって、相手の命をとることばかり考えておる。こんな世の中、はやく終わりにして、平穏な暮らしができるようにしなければな」

「戦なんてすぐやめて、仲直りすればええやない」

「その通りだ。当たり前のことを、当たり前にできなくなっているのが、武士たちだ。わしもけっきょくそうだ」

「当たり前のこと？」

セツが問うと、侍は大きく息を吐《は》いた。

「わしは、家来《けらい》や供の者たちさえ疑ってしまった。多羅尾殿が軍勢を貸してくれたが、それも疑った。途中でわしを討《う》つための罠《わな》ではないかとな。それで、わしの影武者をたてて、桜峠へと向かわせた。わしはわずかな供の者とお斎峠をめざしたが、それさえ疑い山へと逃げ込んだ。情けないことだ」

「じゃあ、お供のひとたちが、きっと探しているよ。心配して」

「そうだな。だが、もしものことがあれば、お斎峠で落ち合うことになっている」

「だったら諏訪なんかに行くよりも、お斎峠に行かへんと」

セツがそう言うと、家康はじっとセツを見た。それから、しっかりとうなずいた。

「この尾根筋を行けばいいのだな」

こんどはセツがうなずいた。

家康が続けた。

「では、さらばだ。そなたには、あぶないめにあわせてしまいもうしわけなかった。無事、岡崎までもどり、世の中が平穏におさまったとき、そしてもしわしがまだ生きていたら、社《やしろ》を建てさせるようにしよう。狼を祀《まつ》ってくれるか」

セツは再度うなずいた。もうお別れだと思うと、涙が出そうになった。何か言うと泣き声になりそうで、うなずくだけだった。

そのとき、お斎峠の方角から、三人の侍が駆けてくるのが見えた。セツは一瞬緊張した。

「お館様あ。お館様あ」

侍のひとりが大声で叫びながら走ってくる。

家康がセツに言った。

「供の者で、半蔵《はんぞう》という者だ。敵ではない。そなたには、何か礼をしなければな」

セツは首をよこにふった。礼なんていらない。当たり前のことを、当たり前にしただけだ。ほんの少しの間だったが、いっしょに山を歩いた。だからもう他人ではない。礼なんて、いらない。

「お館様あ」

その声に、家康はそちらを見た。半蔵という侍を先頭に、後ろにも二人の侍が駆けてきていた。家康がそちらを見ている間に、セツは山の斜面に下りて身を隠した。泣き顔を見られたくなかったのだ。

家康がふたたびセツのほうを振り返ったとき、そこにはもう誰もいなかった。

「はて、夢幻《ゆめまぼろし》だったのだろうか。いや、わしたち武士のほうが、むしろ幻なのかもしれん。セツよ。達者でな」

家康は斜面に向かってそう言い、わずかに足をひきずりながら供の者たちのほうへと歩いていった。

お侍はやっぱり大げさなことを言う。

セツは涙目のまま笑ったのだった。

盃岩

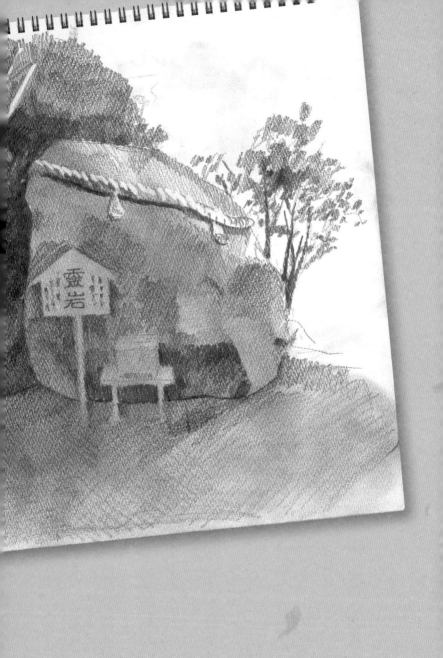

生《おう》石《しこ》神社

次の週、あかりはまた電車に乗っていた。

写真の台紙裏に書かれていた「おほしこ」へ行くためである。

高宮神社で幻を見てから、何かに突き動かされている感覚はいっそう強まっていた。

「おほしこ」が、生石《おうしこ》神社であることをつきとめるには、少し時間がかかった。

「おほしこ」で調べても、インターネットでヒットしてくるものは関係なさそうなものばかりであった。

ひょっとすると、これも神社の名前なのかもしれない。そう思い、「おほしこ　神社」で検索してみた。すると、いくつかピンとくるものが出てきた。その中でも、あかりがもっとも興味をもったのが生石神社であった。

兵庫県高砂《たかさご》市にある神社である。巨大な石の遺跡物をご神体とする。

巨石がどういう目的で造られたのか、いまだにまったくの謎らしい。高宮神社とのつながりや共通点もないが、もともと写真の謎を追いかけているのである。謎はいっそう謎のほうがいい。むしろそのほうが、謎という点で共通しているではないか。

あかりはじぶんにそう言い聞かせた。ほんとうは、写真の謎を追っているのではない。

もっとべつの何かだ。それがわからないから、いまのところは写真の謎としているだけだ。

謎という点では、この生石神社もそうで、巨石について推理するさまざまなサイトや動画があった。

高宮神社のときとおなじように、直感的に心惹《ひ》かれるものがある。あかりはすぐに、パソコンで生石神社について探索した。

生石神社は兵庫県高砂市阿弥陀《あみだ》町にある。

祀《まつ》られている神様は、大己貴神《おおなむちのかみ》と少彦名神《すくなひこのかみ》。拝殿の裏にある巨石がご神体で、高さ五・七メートル、横幅六・四メートル、奥行き七・二メートル、推定重量五百〜七百トンの人工建造物である。石質は凝灰岩《ぎょうかいがん》。形状はピラミッド型。石山から切り出す途中で何らかの理由でとりやめたものと見られる。最終的には立ち上がらせる予定であったらしい。つまり、ピラミッド型の巨石が寝かせられている状態のまま放置されたと思われる。いったい何のためにこのようなものが建造されたのか、まったくの謎である。この建造物は古くから「石の宝殿《ほうでん》」と呼ばれている。

祭神の大己貴神は、大国主命《おおくにぬしのみこと》という別の名をもつ。因幡《いなば》の白兎《しろうさぎ》や、兄神たちのいじめにも負けず国造りをしていった神話は有名である。また島根県の出雲大社《いずもたいしゃ》に祀られている神としてもよく知られている。

あかりはそばで仕事をしている和江にたずねた。

「因幡の白兎って、海をわたるためにワニザメをだます話だよね。大国主命って、登場したっけ」

和江は仕事の手をとめて、あかりのほうをみた。

「もちろん登場しはるえ。というより、大国主さんのほうが主人公や。おおぜいの兄神さんたちと旅をしていたんや。大国主さんは、いちばん弟やったせいか、兄神さんたちの荷物をぜんぶもたされて、えらい苦労しながらの旅やった」

たくさんの荷物をもたされているので、兄神たちからはおくれてしまう。ひとりで歩いていると、砂浜で苦しんでいる兎がいた。どうしたのかと聞くと、ワニザメをだまして毛をはがされたという。さっきもおおぜいの神様たちがとおりかかり、海の水で体を洗い、風でかわかせばいいと教えてくれた。そのとおりにしたが、ますます痛みがはげしくなり、あまりの痛さに泣いていたのだという。

兄神たちが、白兎にいじわるをしたのだ。大国主命は、「川の水で体を洗い、蒲《がま》のやわらかい穂《ほ》にくるまって寝ていれば治るよ」と教えてやった。

白兎はそのとおりにすると、すっかり治ってしまった。それから白兎は、大国主命のためにはたらいたという。

話し終えると、和江は書棚をゆびさした。七福神のちいさな人形が、ガラスケースに飾られていた。

「ほれ。おおきな袋をしょって、打ち出の小槌《こづち》をもっている神さんが、その大国主さんや」

「あ、それなら、知ってる。もともとは大黒天《だいこくてん》っていうインドの神様と、大国主のダイコクがおなじ読み方だから、いっしょになったんだよね」

「ほう。そやったんか。そりゃ知らんかった。勉強になった」

和江はそういうと、また仕事にもどった。

あかりもまたパソコンに顔をもどした。

もうひとりの少彦名神は、大国主命の国造りに力を貸した神であり、医療の神、薬、酒造りの神でもある。

生石神社の言い伝えによれば、高天原《たかまがはら》の神々の命令によって、出雲から大己貴と少彦名がこの地に派遣された。二神は社として石の宝殿を造ろうとしたが、地元の神々が反乱を起こしたので工事を中断した。二神は地元の神々を平定したが、夜が明けてしまったために石の宝殿はそのままになったという。

八世紀の「播磨国風土記《はりまのくにふどき》」に石の宝殿のことが書かれていることから、すでにその時代にはあったことがわかる。

また別の言い伝えとして、聖徳太子《しょうとくたいし》の時代に物部守屋《もののべのもりや》（六世紀後半にいた有力豪族）が建造させたともある。しかしそれもまた言い伝えであり定かではない。すべては謎の巨石なのである。

資料を調べたかぎりでは、京都で和菓子屋をしていた夫婦につながるものは何もない。けれど、夫婦はこの生石神社へ行った気がする。あるいは行こうとしていた。あかりは直感だが、そう思った。

高宮神社では、スケッチをしている間に、幻のようなものが見えた。いや、幻にしてはあまりにも立体感がありリアルであった。けれども、和菓子屋の夫婦が、なぜ高宮神社へ行ったかはさっぱりわからなかった。

古い写真の台紙の裏には、さらに書き込まれた文字があり、それを解明すれば、すべてがつながりわかるのではないか。そう思って、生石神社へ行くことにしたのだ。

いったい何を解明したいのか、ほんとうはよくわかっていなかった。そのくせ、それを知りたいという情熱に近い思いが、あかりの中に生まれていた。

そこまで思い返したところで、まもなく宝殿《ほうでん》駅に到着するという車内アナウンスがあった。


ＪＲ宝殿駅からは、神社まで歩けば三十分ほどである。猛暑の中を歩くには、かなりきつい。駅には、やはりレンタサイクルがあったのでかりた。

県道をまっすぐ行くと、正面に形のいい小山が見えてくる。それが宝殿山である。生石神社はその中腹にあった。

坂道になり、自転車は手でおした。息をきらしながらのぼっていくと、城壁のような石垣が見えてきた。ここから石段がのびて、神社の拝殿《はいでん》へと行けるらしい。あかりは自転車をおいて、歩いて石段をのぼった。こんな暑い時期なのに、ぽつぽつと参拝客がいた。

石垣のトンネルみたいな門をくぐると、そこが拝殿であった。風格のあるいい神社だった。ここからはまだ石の宝殿と呼ばれる巨石は見えない。まるで拝殿がご神体を隠しているみたいだ。それでも、拝殿のむこうから、何か巨大な波動のようなものが伝わってくる。こんな感覚は、はじめてであった。

拝殿で手を合わせ、あかりは参拝順路にしたがい裏にまわった。

目の前に垂直な崖《がけ》があらわれた。それがあかりの第一印象であった。それほど大きな岩であった。この段階では、これが人工物だという感じはしない。ただ、底部には直線的な切り込みがあり、水がたまっている。もちろん人工的な溝《みぞ》なのだが、まるで巨石が浮いているように見えた。

左右を見ると、やはり直線的に切り込まれた角がある。つまり正面から見ると、正方形の巨大な岩が水に浮いているという感じであった。

岩の周囲も見学できるようになっている。水のたまった溝にそって、あかりは一周した。側面にも、人工的な切り込みがある。背面には段々状に加工がほどこされ、突起のようなものが彫られていた。もしもこの巨石を引っぱって立てたら、全体は家のような形になるのではないか。あるいは、南米のマヤ遺跡にあるピラミッドの形になる気もする。

岩のまわりには、ご神体であることを示す注連縄《しめなわ》が張られていた。それにしても、この圧倒的な大きさと重量感は何だ。こんな巨石を掘り出して、いったい昔の人は何をしようとしたのだろう。

この巨石の建造物は、まわりを凝灰岩の壁にかこまれている。つまり岩山そのものから掘り出したものなのだ。

その岩山に石段がつくられており、上からも見られるようになっていた。手すりもとりつけられてあり、安全に登ることができる。

それにしても暑い。あかりは折りたたみ式の日傘をさして登った。

上からは全体の形がはっきりとわかる。巨石の上部には、松などの植物が自然に生えていた。それをとりのぞいた姿を想像してみた。家というより、マヤのピラミッドにちかい。いや、それもちがう……。このとがった部分は、何かに似ている。

ふと思いついたのが、カーソルであった。カーナビやスマホで行き先を案内してもらうときに出るあの三角形のもの。

巨石のとがった部分は、まだ寝かされた状態だからそう感じるのだろうか。でももし何かの方向を指し示すとしたら……。

胸の奥がざわりとした。あかりはスマートフォンをとりだし、日本地図を画面に出した。兵庫県高砂市の宝殿山から、巨石の突起部分が示す方向は、西北西。それをたどっていくと、……島根県まで行き着く。

え？

出雲大社《いずもたいしゃ》？

あかりは調べた資料を思い出した。生石神社の主祭神は大己貴神（大国主命）と少彦名神。出雲大社の主祭神も大己貴神のはずだ。

これって、ひょっとしてアンテナ？

出雲大社と生石神社を結ぶ何かなの？

あかりは日傘をさしたまま、リュックサックからスケッチブックを取り出した。興味本位にのぞいていく参拝客もいたが、あかりは流れる汗も気にせず画用紙に集中した。

反逆

時告げ鳥の声で目を覚まし、青弥《あおや》は外に出る。

日はまだ昇っていないが夜は明けていた。

集落の東がわに川があり、そのむこうには原野が広がっていた。原野のさきは海なのだが、ここからは見えない。

朝日は海の方角から昇る。

朝餉《あさげ》の用意のために、すでに女たちが川の水を汲《く》みにきていた。

「おはよう。青弥はいつも早いね」

青弥の姿をみつけると、女たちは気軽に声をかけてくれる。

「おはよう。きょうもいい天気になりそうだね」

野見《のみの》青弥は今年十五歳になり、棟梁《とうりょう》になるための見習い修業に入った。野見一族は、石《いし》作連《つくりのむらじ》の姓をもつ石工集団である。青弥は棟梁である尾滝《おごし》の子として生まれた。

青弥は西のほうにふりかえって、石山を見上げる。集落からすぐのところにあり、全山が凝灰岩《ぎょうかいがん》でできた小山であった。草木が一本も生えていない。まるで椀《わん》をふせたような形をしていた。その頂上に小さな社があり、ここからでもはっきりと見えた。

時告げ鳥は神の使いと信じられ、神聖な鳥だと言われている。その時告げ鳥を腕にとまらせ、大巫女様《おおみこさま》が山を登っていく。麻地に赤い模様の入った巫女服を着ているのですぐにわかる。その後ろから、巫女たちが七人ついて登っていく。毎朝、山上の社で神事をするためであった。

時告げ鳥のことを、野見一族の者はニワトリと呼ぶ。庭で飼う鳥だからだ。肉を食べるのはもちろんだが、卵を雑炊《ぞうすい》に入れるのもうまい。石工という重労働のためには、必要な家畜であった。だが、この仕事でここへ移って来てからは、食べないようにしている。そのかわり、豚を飼い、それを食肉用としていた。

時告げ鳥を神の使いとして考えるのは、このあたりだけのことではない。ヤマトの大王《おおきみ》が治めるこの国全体がそうであった。食肉として扱う野見一族のほうが特殊なのである。祖父の鎌鳴《かまなり》や父の尾漉から聞いたことだが、野見一族はもともと出雲《いずも》の国にいたそうだ。その前は高句麗《こうくり》という、はるかな海のむこうからやってきたと聞く。

ほとんどの民は無地の麻布を縫《ぬ》って服にしていたが、野見一族は麻布を薄く藍染《あいぞめ》にしたものを身につける。ふつうはみんな裸足《はだし》ときまっているが、野見のものは草履《ぞうり》か足袋《たび》をはいた。岩石を相手の仕事だから、安全上のためだといわれている。けれどもほんとうは、遠い祖先から受け継いできた習慣であった。

青弥は水汲みの女たちに気をつかい、川下で口をすすぎ顔を洗った。東の原野のむこうが、さらに明るくまぶしくなっていく。夏がそこまできているこの時期は、夜明けも早いのだった。

石山をくりぬき、神の依《よ》り代《しろ》であるヒモロギの巨大な社を造る。そんなとんでもない仕事が野見一族にもちかけられたのが、もう十年も前のことだ。いきなり石山をくりぬくことはできない。工事のための設計図や、石工たちの暮らす家や食料の確保、資材や工具を調《とと》えたりするだけで一年かかったらしい。

施主《せしゅ》はヤマトの大連《おおむらじ》である物部守屋《もののべのもりや》であった。あまりにも身分が高い人なので、棟梁の尾瀧をはじめだれも会ったことはない。

ヤマトが未来永劫《みらいえいごう》に栄えることを祈り、強固な神の社を造営するのだという。

朝餉をすませると、石工たちはさっそく仕事にかかった。

石山の中腹を穿《うが》ち、社になる部分をくりぬくように造形していく。準備をふくめて十年ちかくの歳月を経て、その姿はほぼできあがっていた。いずれ御神霊《ごしんれい》を降ろすので、ヒモロギ岩と呼ばれている。

工事の始まった当初は、巨大なヒモロギをくりぬくために、まわりの石山を削りとらねばならなかった。そのために、毎日大量の石くずが出る。足場を組んだり、捨てる石くずを運んだりと、たくさんの人手がいった。そうした人夫はほとんどが雇《やと》い人であったが、今はそれほど人手がいるわけではなかった。実際に岩に取り付いて仕事をしているのは、石工の技術をもった野見一族の二十人ほどであった。

棟梁である尾瀧が、ヒモロギ岩を見下ろす台場から監督する。あれこれ現場の責任者などに指示をしたり、石の具合を工人たちに聞いたりする。季節や天候によって、石は肌の柔らかさや硬さを変える。

「石は息をしている」

尾瀧はよくそう言う。そんな父親の一言一言を、青弥は耳をそばだてて聞く。

尾瀧が石工頭《いしくがしら》を呼んだ。

「高嶺《たかね》。ちょっと来てくれないか」

高嶺は、尾瀧の幼なじみでもある。技術者としても、現場の石工頭としても、みんなの信頼を集めている男であった。野見一族の男はほとんど髭《ひげ》をたくわえないが、高嶺は顔の半分くらいを不精髭《ぶしょうひげ》で埋めていた。二年前に妻を亡くしてから剃《そ》らなくなったのだ。

「高嶺よ。そろそろ太縄の手筈《てはず》をしなけりゃいかん。備山《びざん》の里へいちど帰ってくる。青弥をおいていくから、よろしくたのむ」

備山の里というのは、青弥たちがここへ来るまえにいた土地だ。ここから北の山脈にむかって二日歩いたところにある。というより、そこが野見一族の本地で、青弥たちは工事のために出張しているにすぎない。祖父の鎌鳴はいまも長老として備山で健在だった。

くりぬいた巨岩のヒモロギを、最終的には太縄をかけて立ち上げる。尾瀧はその太縄の手配や、立ち上げるための段取りなどを相談しにいくのだ。巨岩を立ち上げるには特殊な技術と、なによりもたくさんの人間の力がいる。野見一族の本隊がいる備山の協力がないとできないことだった。

「わかった。供は誰を連れて行く」

「八千根《やちね》だ」

「はっは。八千根なら強力だし、長楔《ちょうくさび》を腰に差してりゃ盗賊もよりつくまい」

「じゃあ、たのんだぞ。青弥、高嶺の教えをよく聞き、学べ。いいな」

青弥はうなずいた。だが、内心はけっこう動揺していた。父は朝餉のときだって、そんなことは一言も言わなかった。石工頭の高嶺の指示に従うといっても、実際は青弥が棟梁の代理を務めるということなのだ。

父は続けて言った。

「それから、大巫女様への貢《みつ》ぎも、おまえがやるんだ。母さんがそろえてくれるから、それを持って行けばいい。いいな」

青弥は緊張のため声がでなかった。大巫女様は苦手だ。

尾瀧はそのまま出かけていった。

いつも父が腰をおろす石台に、青弥はすわる。棟梁の席であった。

「青弥。よく似合ってるぞ」

「そろそろ嫁でももらわなくちゃな」

石工たちがからかってくる。青弥はむっとしながらも、父の真似をして顎《あご》を引く。威厳が出るからだ。工事全体に目を配る。体調がよくない者がいないか、命綱をつけないで岩の側面に取り付く者がいないか。また昼の食事の時間も計らねばならない。ふつうの人は日に二度の食事だが、石工の仕事は重労働なので三度とる。

特に何をしたわけでもないのに、一日の仕事が終わると青弥はくたくただった。だが、もうひとつ仕事が残っていた。

いったん屋にもどると、母親の阿見《あみ》が供物を用意してくれていた。竹で編んだ笊《ざる》に夏野菜と米が盛られている。これを巫女屋まで持っていき、大巫女様の言葉を聞かねばならない。

巫女たちが住んでいるのは石山の南側で、川を少し下り、石山をまわるように行ったところにある。青弥たちが住んでいる竪穴《たてあな》式の茅葺《かやぶき》屋とちがい、木の板で床をしつらえた横長の屋である。白木で壁や屋根を葺《ふ》いている。見た目にも清浄できれいだった。

門兵に一礼し、木の鳥居をくぐり、長屋の前で膝を屈する。棟梁見習いとして、父としょっちゅう来ていたので、どうすればいいかはわかっていた。

「御使い申し上げます。御使い申し上げます」

同じことを繰り返すと、三人の巫女が屋から出てくる。木でできた階段をおりてくると、年かさの巫女が静かな声で言った。

「お受けいたしましょう」

青弥は供物を捧げると、若いふたりの巫女が笊を受け取った。長屋のおくに祭壇があり、いったんはそこに供物として置かれる。そのあとは、巫女たちの食料となるのだった。こうした貢物《みつぎもの》は、このあたりの豪族や、また派遣元のヤマトからも届くという。鳥居の外に護衛の傭兵《ようへい》がいるのは、そうした財力によってまかなわれているのだった。

巫女たちは供物をもって、いったん長屋に入る。しばらくすると、大巫女様が出てきた。

どんな山にも必ず神霊が宿っている。その山を切り崩し、新たな神のためのヒモロギを作っているのだから、今いる神霊の怒りをかうことになる。巫女はその怒りを鎮《しず》め、あるいは舞いや祝詞《のりと》によって祝福し、工事を無事に進めさせる役割を担っていた。失敗すれば、責任をとって命をとられることもある厳しい仕事なのだ。大巫女様が尋常ではないものを体から発しているのは、命がけの仕事をしているからだと青弥は思う。

年齢はわからないが、たぶん六十か七十くらいだろう。

開け放しの扉から、大巫女様が音もなく現れた。半分ほど白くなった髪を銀杏《いちょう》のような形に結い、麻地に朱の模様が入った巫女服を着ている。朱の模様は鷹《たか》の目のようにも見えるし渦《うず》のようにも見える。肩からたすきをかけ、そのたすきにも三角形の赤い模様があった。眉《まゆ》の上から頬《ほお》にかけて、やはり赤い色で化粧がほどこされている。まるで血の涙を流しているように見えた。魔よけのおまじないである。下は裾《すそ》のひろがった裳《も》であった。

大巫女様は立ったままで言った。

「青弥。父の代理を務めるようになったのはめでたいことだ。はげみなさい。ヒモロギもあとわずかで完成じゃ。父の留守のあいだ、ぬかりのないようにな」

新米の見習いに気をつかってくれたのか、やさしい言葉をかけてくれた。青弥はひたすら緊張して、「ありがとうございます」と答えるだけだった。

大巫女様はそれ以上何も言わず、長屋へもどっていった。

緊張から解放されて、ほっと息をつきながら青弥は鳥居を出た。門兵に一礼し、家路につく。この季節は昼間が長い。夕日は沈みかけているが、まだじゅうぶんに明るかった。

川のところまでくると、青弥は思わず足を止めた。銀杏形に髪を結った少女がいた。大巫女様に仕えている巫女のなかで、いちばん若い巫女であった。ほかの巫女からはスセリと呼ばれていた。

夕餉の支度のためか、川で野菜を洗っていた。青弥と同じ見習いである。神事のときは裳と上衣の巫女服になるが、ふだんは作業着を兼ねた貫頭衣《かんとうい》であった。首からは勾玉《まがたま》ひとつをぶらさげている。その数の多さで、巫女の位がわかるのだった。

「川の水もすっかりぬるんできたね。朝夕の水仕事が楽になったって、母さんが言ってた。石も夏にむかって、やわらかくなっていく。秋にはいよいよ岩起こしの工事に入れそうだ」

青弥が声をかけると、おどろいた顔でスセリはふりむいた。立ち上がるとだまってうなずいた。まだ正式な巫女ではないので、顔に赤の化粧はない。去年の春に巫女屋に見習いとしてやってきた。大巫女様が淡海《おうみ》という国から連れてきたと聞く。

たとえ見習いでも、巫女は男と軽々しく口をきいてはならないので、青弥が話しかけてもたいていはうなずくだけだ。だが逃げようともしないので、青弥が一方的に話すことが多い。

スセリとはじめて話したのも、やはり川原でのことだった。スセリがまだここへ来たばかりの頃で、体ももっとやせていた。スセリは川の水で神器である瓶子《へいし》や水器を洗っていた。神霊に供物を捧げるときに使う箸《はし》も洗ったのだが、何かのひょうしに縒《よ》り糸が切れてしまった。

神事用の箸は、一本の竹を曲げたものを手元のあたりで縒り糸によってつないでいる。うまく弾力をつけるためだ。その縒り糸が切れると、曲げた竹はひろがってしまい、箸としての用をなさなくなるのだ。途方に暮れているところに、青弥が通りかかった。

大巫女様に怒られるにちがいない。そんな不安と怯《おび》えを顔にたたえて、スセリは箸を持ったまましゃがみこんでいた。事情を察した青弥が、母親から縒り糸をもらってきて直してやった。それ以来、ときどきこうして口をきくようになった。

「こんどの招霊祭《しょうれいさい》には、舞えるのか」

月に一度、ヒモロギ岩で招霊祭という神事がある。岩を清め寿《ことほ》ぐものであった。それはまた、もともとこの山にいる神霊に立ち去ってもらうためのものでもあり、何年にもわたって繰り返し行われる神事である。

その神事のひとつに巫女舞があった。この時は、近隣の人々も見物にやってくる。

スセリはめったに笑わない少女であったが、青弥の言葉に口元をわずかにゆるめた。そして、こくっとうなずいた。

青弥も顔を輝かせた。

「大巫女様のお許しが出たんだ。そりゃすげえ。いよいよだな。おれも、父さんが留守にしてるんで、棟梁の代理だ。今も供物を巫女屋にもっていったところなんだ。おたがい、がんばろうな」

スセリはいったんゆるめた口元をひきしめ、またうなずいた。そしてどこか鋭い目をした。

青弥は一瞬、背筋のあたりにひやりとしたものを感じた。その目の光は、神事に向けての決意のあらわれなのだろう。だが、どこか腑《ふ》に落ちないものも心に残った。

その日は、もういちどスセリの姿を見ることになった。

夕餉をすませ、青弥は石工頭の高嶺の屋に行った。今日の仕事のはかどり具合や、明日にむけての段取りなどを聞くためだった。本来は高嶺のほうから棟梁の屋に来るものなのだが、父親の指示で青弥のほうから出向いたのだった。

昼間の緊張からか眠くてしかたがなかったが、無事に打ち合わせを終えて外へ出た。おなじ集落だから、青弥の屋は歩いてもすぐである。十数戸の茅葺屋根が月に照らされていた。夕餉をすませ暗くなると、皆はたいてい寝てしまう。ほとんどの屋は戸口を閉じて、眠りについていた。

石山の方角に、ふと何かの気配を感じた。石山は月光を受けて、薄蒼《うすあお》い色をしていた。頂上の小さな社も見て取れた。特に変わったこともなく、視線を下ろしていくと、青弥は胸がどくりと鳴った。

腰をややおとした姿で、誰かが動いていた。それが舞であるとわかるのに時間はかからなかった。ヒモロギ岩の上で、誰かが舞っているのだった。月の光で体の輪郭はわかるが、顔までは見えない。だが、スセリの姿に似ていた。

五日後にある招霊祭にむけて、舞の練習をしているのだろうか。はじめはそう思った。だが、いつも見ている巫女舞とはちがう気がした。巫女舞について青弥はくわしいわけではない。それでも何度も見ているうちに、その特徴くらいはわかるようになっていた。

地面をすり足のようにしてゆっくり動きながら、手も足も円を描くように舞う。飛んだり跳《は》ねたりはしない。だが、スセリの舞は円を基本にしながらも、ときどき跳ねるような上下の運動が入った。あるいは岩に手をつきじっとしたり、また両手を高くかかげたりもした。なんとなく、蝶《ちょう》の動きに似ていると思った。

かすかに、声も聞こえた。いや、この距離で聞こえるはずはない。だとすると、これは幻か。スセリの姿に化けて、青弥をたぶらかそうとしている魔物かもしれない。ひょっとすると石山の神霊が、青弥に災いをふりかけようとしているのかもしれない。新たな神霊を迎えるために、石山の神霊は追い出されるのだ。ちょうど棟梁が留守にしているので、その隙《すき》を狙《ねら》って代理の青弥に取り憑《つ》こうとしているのかもしれない。

青弥は急におそろしくなり、自分の屋にむかって走った。

父の尾瀧が無事にもどってきた。とちゅうで三人の盗賊に出会ったが、供の八千根が長楔で威嚇《いかく》すると逃げていったという。長楔は岩を割るときにつかう鉄の道具で、槍《やり》にもなるし棍棒《こんぼう》にもなる。石工で鍛《きた》えた体でこれをふりまわせば、たいていの盗賊はおそれをなして逃げていくのであった。

招霊祭は月に一度だが、今回はいつもとちがい大きな祭りとなった。ヒモロギ岩がほぼ完成して、あとは底部を少しずつ削りながら、全体を起こす作業になる。その節目の祭りだからだ。

ヤマトからも、位の高い役人が三人やってきた。奉納相撲《ほうのうずもう》も行われ、やはりヤマトからやってきた力士が三人、はげしくぶつかりあった。この日は近在の人々も見物にきて、初めてみる本物の力士にやんやの喝采《かっさい》をおくった。ヒモロギ岩に招く新しい神は、強い神霊だという。その神に喜んでもらうための行事であった。

余興として、力士に挑戦する相撲もあった。力自慢の石工や近在の若者が挑戦したが、まるでこどもみたいにやっつけられた。一発の張り手でふっとばされてしまうのだ。

みんなはおそれをなし、土俵にあがるものがいなくなったとき、八千根が上衣をぬいだ。力士に劣らぬ筋肉隆々の体に、みんなはほーと声をあげた。

八千根は三人の力士のひとりには勝ったが、あとのふたりにはおしくも敗れた。だが、石工や見物人たちは、まるで八千根が勝ったみたいに歓声をあげたのだった。

来賓席《らいひんせき》に座るヤマトの役人たちも、八千根の活躍には感心していた。

「あの者の名はなんと申す」

役人に聞かれ、棟梁の尾澱は答えた。

「野見八千根というもので、わが一族の石工です」

「ほほう。では伝説の偉人、野見宿禰《のみのすくね》の血統かな」

野見宿禰は出雲の国の人で、ヤマトの大王の命によって角力《かくりょく》によばれた。角力とはようするに格闘技のことである。相手は当麻蹶速《たいまのけはや》という男で、この男の腰骨を踏み砕いて勝利した。これが相撲のはじまりだといわれている。宿禰はやがて出世し、朝廷から土師《はじ》氏の姓を与えられた。

「いかにも」

尾澱はうなずいた。石作連という姓をヤマトからもらっているが、じっさいは身分の低い石工集団であった。鉄の道具や、硬い岩を割ったり加工したりする特殊技術をもっているので、権力者たちからは重宝されていた。しかしそれだけのことであった。

中央政権を担うヤマトは、血統を重んずる。どんな技術や専門知識をもっていても、それは血統の前には膝を屈するしかない。この国で生きていくには、嘘でもいいから血統を高貴なものにつなげていく必要があった。だから野見宿禰の血筋を受け継いでいるというのは、野見一族にとっても大事なことなのである。

実際、尾漉たちが属する野見一族は、宿禰と血筋でつながっているといわれてきた。野見を名乗る一族はほかにもいる。また能美《のうみ》や野間《のま》、野茂《のも》など字はちがうが、それらも元々は同族だといわれている。

「ちと相談じゃが、あの者を強力《ごうりき》としてゆずってくれはしないか。主の守屋様の護衛士として使いたいのじゃが」

大王側近の大連《おおむらじ》である物部守屋の名を出されては、ことわるわけにはいかない。

「八千根本人がよいと申しますならば」

尾漉は苦しまぎれにそう答えた。ほんとうは行かせたくなかった。石工としての腕はよかったし、なによりも妻をもらいこどもができたばかりであった。兵士としてヤマトへ行くなら、家族といっしょというわけにはいかないだろう。しかもヤマトの役人は「ゆずってくれないか」と八千根を奴婢《ぬひ》か何かのような言い方をした。都のあるヤマトへ行っても、八千根がどう扱われるか想像できる。こまったな、と尾漉は眉を寄せた。

その様子を、青弥は遠くから見ていた。何が話されているかはわからなかったが、よくないことが起きているらしい。

それからいよいよ巫女舞が始まった。梯子《はしご》をのぼって五人の巫女たちがヒモロギ岩にあがった。手には榊《さかき》の枝葉をもっている。

ヤマトからきた役人たちは、岩を見下ろす場所に席を移した。近在からやってきた観客たちは、まわりの石山にそれぞれ腰をおろして見物するのであった。

大巫女様が、ヒモロギ岩の下にござをしき座っている。よこには二人の巫女もいて、ひとりは琴を膝《ひざ》にのせ、もうひとりはいくつもの鈴をつけた楽器をもっていた。

大巫女様の合図によって、鈴が鳴り琴が奏上され始めた。その音色は優雅でしかも華やかさがあった。あたりの空気そのものが清められていく。観客たちは妙《たえ》なる音色に感嘆の声をあげた。

やがてヒモロギ岩の巫女たちが、手にした榊を動かしながら舞い始めた。

青弥は父の後ろから見ていたが、目の行く先はスセリだった。あの夜の幻のような舞いは何だったのだろう。今、目の前で舞っているものとはまったくちがっていた。あれはやはり神霊の化身か、それとも魔物だったのだろうか。

スセリはやや小柄だが、裳をつけた巫女姿は一人前に見えた。舞いも、ほかの先輩たちと見劣りはしない。素足がまるで岩から浮いているみたいに、やわらかく円を描くように舞った。

巫女たちは、舞いながらときどき懐からきらきらした粉をまいた。貝殻の内側をこそいでつくる粉だが、それが日の光に空中で反射し、まるで神々の息吹のように光った。観客たちはそのたびに、ため息とも歓声ともつかない声をあげた。

ヤマトからきた役人たちも、大いに満足したみたいだった。

無事に巫女舞を終え、招霊祭も幕をとじた。

しかし石工の棟梁としては、ヤマトの役人たちをもてなす仕事が残っていた。宴をはり、ごちそうをふるまうのだった。

ところが、役人たちはめずらしくことわった。どうしてもヤマトへもどらねばならぬと言う。何か気を悪くすることがあったのか、何か無礼なことがあったのか、尾瀧は何度もたずねたが、役人たちは決してそのようなことではないと言った。

それ以上は聞けない。何か火急の用があるらしく、しかも三人いっしょにもどるという。そのくせ、八千根も連れて行くと命令のように言い放った。みょうだといえばみょうなことであった。

あまりにも急なことで、八千根もその妻も仰天《ぎょうてん》した。しかし断ることはできない。乳飲み子を抱えながら、若い妻は八千根を見送るしかなかった。

役人たちのこうした行動は、これまでにはないものである。

尾瀧はもちろんのことだが、青弥もまた、何か異変のようなものを遠いヤマトに感じ取っていた。その予感のようなものが、ほどなくしてヤマトの大王の死という知らせによって裏打ちされた。

ただそのときはまだ、日々の暮らしに大きな変化がもたらされるとは思っていなかった。ヤマトからは遠く離れているし、ましてや石工の身分の者たちには関わりのないことだ。

ただ、父の尾瀧はちがった。ヤマトの政情について、あちこちから情報を仕入れているようだった。そして、ときどき大巫女様のところに行って、長いこと話し込んでくるようになった。

大巫女様は、施主の物部守屋から派遣された巫女である。ヤマトで何が起きているか、そしてこれからどういう影響が及んでくるか。尾瀧はそれを棟梁の立場で聞き出そうとしているのだった。まだ見習いにすぎない青弥には、そうした情報は伝わってこない。それでも日に日に父親の表情が険しくなってくるのを見ると、何かよくないことが起きているらしい。

朝の作業に入る前のことだった。石工たちを集めて、いつものようにその日の段取りや注意点などを話し合う。

「工事を急がねばならないようだ」

尾瀧がそう切り出したのは、梅雨雲が空をおおいはじめたころであった。少なくとも夏の間に、ヒモロギ岩を山そのものから切り離す工事を終えたい。それでとりあえず工賃の大方は支払われるからだ。あとの引き起こしの作業や、最後の招霊祭である大祭などは、石工の仕事そのものからは離れる。べつの集団が主管となるからだ。

ヒモロギ岩の下に集合した石工たちは、なんとなく予感していたことなので、それほど驚く様子はなかった。情報は少ないが、ヤマトのほうで政変が起きていることは知っていた。それはしょっちゅうあることなので、さほど気にもしていなかったのだ。

石工頭の高嶺が言った。

「どれくらい急げばいいのだ」

「できれば夏の間に終えたい」

「あとひと月かふた月で、それはちょっとむずかしいな。せめて鉄楔《てつくさび》と鉄鑿《てつのみ》、鏨《たがね》を今の倍に増やして、その人数分の石工を増やしてくれればなんとかなるが」

「それも考えたが、もしも工事そのものが中止されることになれば、増やした分、損失として野見が負担することになる」

別の石工が言った。

「そこまでよくないことが起きているのか、ヤマトでは」

まっすぐな質問を石工がしてきた以上、棟梁もまっすぐ答えなければならない。それが石工と棟梁の信頼関係になる。尾瀧が青弥にいつも言うことだった。

尾瀧はやや表情をくもらせたが、思い切ったように言った。

「ヤマトで、政権争いがはげしくなっているようだ。大連と大臣《おおおみ》の争いでもあるし、皇族同士の覇権《はけん》争いでもある。豪族である物部氏、中臣《なかとみ》氏が、蘇我《そが》氏と対立しているといってもいい。いや、すでに物部と蘇我の争いだ」

大連というのは大王側近の最高官であり、今は物部守屋であった。主に祭祀《さいじ》と軍事を司《つかさど》っていた。大臣というのは、臣の姓をもつ豪族の中から、大王によって任ぜられる職であり、執政を担う。ここでは蘇我馬子《そがのうまこ》をさす。

石工頭の高嶺が腕を組んでため息をついた。

「蘇我氏ってのは、仏法というのを信仰しているらしいな。もし物部が負けるとなると、国土の神々を祀る風習がすたれていくってことになるのか。つまり、このヒモロギの岩は、用なしってことになるわけだ」

石工たちは動揺した。それをしずめるように尾瀌が言った。

「物部が力を失ったからといって、国土の神々も力を失うわけじゃない。物部以外にも、神々をあつく信仰する豪族はたくさんいる。だから、たぶんこの政変は、権力争いだ。しかし、施主の守屋様が力を失えば、工事そのものに影響が出ることはたしかだ」

べつの石工が言った。

「おれたち石工には関係ないことだが、そもそも、守屋様はどうしてこんなばかでかいヒモロギ岩を掘り出そうとしたのかね。それによっちゃあ、わしらも、損得抜きで働くこともある」

さすがの尾瀌もその問いには答えられなかった。ただし推測はできる。仏法を国の柱にして権力をとろうとしている蘇我馬子に対抗して、物部守屋は国土の神々の力を見せつけようとしていると。

巨大な岩のヒモロギを作り、それをヤマトの地に運び、神の社として立ち起こす。人々はあらためて神の威光を認めるだろう。そんなことは、神の力なしにはできない奇跡なのだ。だが、専門的な技術をもつ野見一族や、海上の運航にたけた野間一族、土木技術にすぐれている波多《はた》一族が協力しあえば、けっして不可能なことではない。一般の人から見れば奇跡だろうが、人手と財力と時間があればできることなのであった。

いや、物部守屋は、もうひとつ表に出せない謀《はかりごと》をしている。守屋とともに行動している中臣勝海《なかとみのかつみ》という男だ。中臣一族はヤマトにおいて神事や祭祀を司る有力な豪族だ。そのなかでも、勝海は呪術《じゅじゅつ》を得意としている。いわゆる呪《のろ》いである。このヒモロギ岩に、どのような神霊を宿そうとしているのかわからないが、何か不穏当な匂いがする。大王の病による崩御《ほうぎょ》も、蘇我馬子の度重なる原因不明の病も、このヒモロギ岩と関係しているのではないか。

ヒモロギ岩は権力争いの道具かもしれない。ただしそれは尾濃の推測に過ぎず、物部守屋がいったい何を思ってこんなとてつもないものを造らせようとしているのか、ほんとうのところはわからなかった。しかしその謎をとく鍵はある。大巫女様と呼ばれる巫女を、この地に長年にわたり派遣していることだった。

ただ、尾濃は推測だけでは語れなかった。

「わしが聞いているのは、巨大なヒモロギ岩を神の社として造れば、より大きな神々の力が宿る。その力をもって、国土の平穏と安定をもたらすためだということだけだ」

石工がまた言った。

「おれには、どうみても社には見えないがね。誰が思いついたのか知らないが、こんな形は、はじめてだ」

ほかの石工たちもうなずいている。

石工頭の高嶺が言った。

「わしらの仕事は注文されたことを、寸分《すんぶん》たがわぬように掘り出すことだ。それが大事だし、それ以上のことを考えると石に邪念《じゃねん》が入る。掘り出した石に、みょうなゆがみが出る。だから、ここは棟梁の言うように、できるだけ早く山取りができるように集中するしかないな」

山取りというのは、岩を山から切り出すことである。

納得いかない顔をしたものもいるが、ほとんどの石工はうなずいた。あれこれ詮索《せんさく》しても、けっきょく石工の仕事は石を掘り出し整形することなのだ。

設計どおりに正確に、セリ矢とよばれる鉄楔を岩の筋目に打ち込む。どんなに巨大で硬い岩でも、岩の筋目を見極めれば割ることができた。この筋目を石工たちはスワリと呼んだ。ふつうの人間にはまったくわからない。のっぺりした岩の表面にしか見えないのだ。つまりスワリが見えるかどうかで、石工としての能力も決まった。

そうして割った岩や、切り出した岩を、鉄鑿で整形加工していく。重労働でしかも地道な仕事であった。けれども鉄鑿を槌で打つ音が、じぶんの呼吸や心臓の鼓動のように思えてくると、ふしぎな心地よさを感じられるという。熟練してくれば、岩の声のようなものも聞こえてくる。石工は、岩と対話しながら鑿を打つものだ。青弥は高嶺からそんなことも教わった。

青弥も棟梁の息子として、一通りの技術は教わっている。ただそれは棟梁見習いとしてであり、本物の石工になるからではない。棟梁の家に生まれた者は、いずれ棟梁となる。それが決まりであった。

石工や尾瀧たちの話を脇で聞きながら、青弥はそんなことを考えていた。そしてふと、あの月の夜に見たことを思い出した。あのときの巫女は、やはりスセリのような気がした。舞いながら、ヒモロギ岩と対話していたように見えた。岩に手をつき、まるで岩から何かを聞き取ろうとしていたようにも。

そこまで青弥が考えたとき、尾瀧がまとめるように言った。

「みんなの気持ちはよくわかった。工事がどうなるかはわからんが、大巫女様の話によると、工事への出資は守屋様だけではないらしい。だから、もし中止となっても、野見にとって大きな損害が出ないようにしたいとおっしゃってくれている。だいじなのは、工事を完成させることだ。それでこの国がよくなればそれでいいではないか」

ヤマトの地に大王がいて、近隣の有力な豪族たちがそれを支え、地方の国々がその政権に従う。ゆるやかな連合国としてこの国は成り立っている。しかしヤマトでは政権争いが絶えず、また地方の国でも時々反乱がある。全体が安定し平和になるには、こうした揺れが何度も起きるのだろう。

だが、石工は石を相手に生きていく。政情や権力争いとは無関係だ。石工たちには、どこかそうした能天気なところがあった。だからこそ、石と向き合い一生をまっとうできるのだが。

ところが、そういうわけにもいかなくなってきたらしい。青弥は若いだけに、敏感にその空気を感じとっていた。そのことがはっきりしたのは、八千根の死であった。護衛士として雇われていった八千根が、戦闘で命をおとしたのだ。物部守屋の一族は、けっきょく反逆者の汚名《おめい》を着せられ、ヤマトの地を追われたという。八千根は守屋の守備隊に配属され、ヤマトを出るときの戦いで矢を受けたらしい。若い妻は夫の死を悼《いた》み泣き叫んだ。石工たちの集落に、これまでにない暗い影が落ちたのであった。

ちょうどそのころからだった。岩山の頂上で、スセリがほとんど毎晩のように舞うようになったのは。

それが幻ではなく、スセリであることを青弥はもう疑わない。このごろでは、大巫女様がかならずヒモロギ岩を見下ろす場所にいたからだ。巫女舞とはちがう舞いを、大巫女様が教えている。青弥にはそう見えた。


真夏となった。炎天下で岩にはりついての仕事は過酷である。できるだけ早朝に作業にかかり、昼食のあとは夕方まで長い休憩《きゅうけい》を入れた。夕方から日が暮れるまでを午後の作業とし、石工たちは懸命にヒモロギ岩の完成をめざした。だが、山から切り離すところまではついにできなかった。そうして秋の気配がただよう季節になった。

夕餉をすませたころ、石工頭の高嶺がやってきた。

青弥も尾瀧のそばにすわって、話を聞いた。屋の囲炉裏《いろり》には火が燃えている。

「やはりむりなようだ。もう少し時間がほしい」

疲れを顔ににじませた高嶺が言った。

棟梁の尾漉も、これ以上石工たちに無理を言うことはできなかった。一方で、ヤマトでの情勢がさらに緊迫《きんぱく》してきたことを伝え聞いていた。だが、ここで工事をやめれば、このヒモロギ岩は未完成のまま世の中にさらされることになる。もちろん工賃の心配もあったが、こんなできそこないの巨大な異物を、それもまだ大地にひっついたままの状態で放置していいものなのだろうか。

尾漉はいったんうなずいてから言った。

「このままでは、未来永劫にわたって、わしら一族の恥《はじ》をさらすことになるが、それでもいいか。工事がどんな理由によって中断したかは、後の世の人々は考えない。目の前の、放置されたできそこないの岩を見て笑うだけだろう」

「もちろん、おれもそれは考えた。だが、聞けば守屋様はそうとう窮地に立たされているそうじゃないか。ヤマトの豪族たちが、こぞって蘇我一族についたらしいぞ」

「知っている。守屋様と手を組んでいた中臣勝海も殺されたようだ」

「では、やはり資金の出所はなくなったとみるべきだ。ほかの豪族からも金が出るなどとおまえは言っていたが、あれは気休めだろう」

幼なじみの高嶺に言いぬかれて、尾瀧もうなずくしかなかった。

「ここいらが決断の時というのはわかっている。だが、あのヒモロギ岩をそのままにしていいかどうかだ。高嶺も石工だから、職人としての意地もあるだろう」

「おまえに言われるまでもない。そりゃくやしいさ。だけどな、やっぱり、これ以上はむりだ。石工たちも納得はいかないだろうが、工賃もないまま仕事は続けられない」

「……そうだな。わかった。いちばんくやしいのは、石工頭であるおまえなのに、わしの立場を考えてくれての言葉と受け取った。明日にでも、みんなには結論を伝えよう」

「それでいい」

「ただ、このままこの地を去るのはなんとも心残りだ。棟梁として、ほかにできることがあるはずだと思っている。それに石工たちにとっても、わが子を育てるようにしてあのヒモロギ岩を掘り出してきた。子を捨て去るような気持ちで、石工たちを備山に帰したくはない」

「どうするつもりだ」

「わからん。高嶺。石工たちが納得するような、なにかいい考えはないか」

こんな弱気で迷っている父を、青弥ははじめてみた。しかし尾瀧はおそらく、それもまた棟梁という立場にいる者の背負うことなのだと伝えたいのだ。

難題をつきつけられて、高嶺も黙りこむしかなかった。

青弥はこれまで、棟梁と石工頭の話に割り込むことは一度もなかった。見習いだからだ。

ただ、自分だったらどうするだろうと考えた。

石工たちは、十年近くもヒモロギ岩に関わってきた。青弥自身も、五歳のときにこの地へやってきた。朝夕ずっと岩を見て暮らしてきた。なにもないただの石山が、すこしずつ削られ、やがて四角い岩が姿を現し、そこに命綱をかけた石工たちが蟻《あり》のようにはりついて、小さな鑿で気の遠くなるような時間を費やして形を整えてきたのだ。途中で怪我《けが》や病《やまい》で死んだ者もいる。八千根のように、意に添わぬことで命を落とした者もいる。そんな石工たちに、中途でここを去れる何かがほしい。

石工にとって、ヒモロギ岩はこどものようなもの。

父の尾瀧はそう言った。

形はほぼできあがり、あとは大地から切り離し、立ち上げ、産声《うぶごえ》を上げさせるところまできている。

だったら、せめて、魂《たましい》だけでも入れてやればいいじゃないか。青弥はふとそう思った。

「父さん」

「なんだ」

尾瀧は眉間《みけん》に皺《しわ》を寄せたまま青弥のほうを見た。青弥はひるんだが、思い切って言った。

「御神霊を入れてやれば、たとえ大地からはがされなくても、それは神殿になるんじゃないのか」

尾瀧と高嶺は一瞬黙り込んだ。

高嶺がにやりとした。

「おまえの息子は、将来いい棟梁になりそうだな」

尾瀧は眉間に皺を寄せたままだが、口元はわずかにゆるんでいた。

「まだまだだが、とっさの思いつきとしてはまあまあだ。で、青弥。どうすればいい。その先を言ってみろ」

「大巫女様にたのんで、御神霊を入れてもらう」

尾瀧は「そりゃだめだ」とあっさり言った。

「巫女は神霊を招くための場を清めるのが仕事だ。招霊そのものは、呪術師の仕事と決まっている。いくら大巫女様でも、……いや、一度聞いてみるのも手だな」

高嶺が表情をくもらせた。

「大巫女様も、そう遠くない時期にこの地を去るだろう。このところ毎晩、巫女をヒモロギ岩で舞わせているっていうじゃないか。大巫女様もあせっているのかもしれん」

ヒモロギ岩で巫女が舞っているのを、みんなは知っているらしい。それもまた、みんなの不安の材料になっているのだ。

けっきょく大巫女様が会ってくれたのは、それからしばらくしてのことであった。

朝夕も涼しくなり、すっかり秋らしくなった。青弥は尾瀧とともに巫女屋にでかけた。いつものように供物を捧げると、大巫女様がとつぜん現れた。

「ついてまいれ」

大巫女様はいつになく巫女屋から歩いて外へでた。スセリが供として、日傘を大巫女様に差しかけてついてきた。

大巫女様は川までやってくると、岸辺のヤナギの下に腰をおろした。樹齢をかさねた川ヤナギで、木陰には心地よい風が吹いていた。青弥たちも座るように言われた。

大巫女様は、日の光が反射する川面《かわも》をしばらくながめていた。皺のきざまれた顔には、眉から目の下にかけて赤い化粧がされている。青弥は幼いころ、血のような化粧をした大巫女様が、こわくてしかたがなかった。それは今でもかわらない。だが、この時の大巫女様は、どこかやさしげな目をして川面を見つめていた。

「長く生きてきたものだ」

独り言のように大巫女様は話しはじめた。

「わたしが七歳のときに、一族は政争に巻き込まれて奴婢となった」

奴婢！

青弥は驚いた。奴婢は主《あるじ》に隷属《れいぞく》する最下層の身分で、人としての自由を奪われた存在である。父の尾瀧は表情を変えずに聞いている。

「出雲の地から、ヤマトの豪族の家に売られ、運が良かったのか悪かったのか、その後わたしだけべつの主に買われた。巫女になるための娘たちがそこに集められ、見習いとして修行をすることになった。ただし、ふつうの巫女になるためではなかった」

そばにすわっているスセリが、わずかに拳《こぶし》をにぎりしめた。青弥はそれを目の隅《すみ》でとらえた。視線をそちらに向けるわけにもいかないので、大巫女様の話をそのまま聞いた。

「はるかな昔、大日女御子《おおひめみこ》様とよばれる巫女がおられた。自らがヒモロギとなり、御神霊を体に受け入れ、ご神託を人々に伝える。そのあまりの絶大なる霊力のために、国の政《まつ》り事までを左右されるようになられた。大日女御子様ほどの力がなくとも、当時のたいていの巫女は自らをヒモロギとして、人々に進むべき道を示していたという。だが、いつの時代からか、巫女が自らをヒモロギとする術は禁忌《きんき》とされた」

大巫女様の説明によると、真に神託を得られる巫女は少なく、その多くは偽者《にせもの》なのだという。そのせいかどうか、いつしか巫女の仕事は、神霊を降ろすために場を清め、場を寿ぐだけということになった。

今も自らをヒモロギとして神霊を受け入れる巫女はいなくはない。だが、必ずそれが本物か偽者かを見分ける男覡《おかんなぎ》がそばにつくという。ようするに、最後は男によって判断されるのである。

大巫女様が入った巫女の集団は、その禁忌の方法である呪術を身につけるものであった。いわば裏巫女とでもいうべきものだが、表向きはふつうの巫女の仕事をする。この地で日々行う神事もまた、ふつうの巫女の祭祀だと大巫女様は言った。

「さて、尾瀧よ。おまえは父の鎌鳴から、祖先についてどこまで聞いておる」

尾瀧はわずかに首をひねった。大巫女様の質問の意味をはかりかねているようだった。

大巫女様は続けた。

「野見一族はこの国土に広く散っているが、備山の野見は高句麗から渡来した者たちではない。ナムチの血筋を引く者たちだ」

尾漉は顔をあげ、驚愕《きょうがく》の目をした。

「そのようなことは、一度も聞いていない」

ナムチ。いったい何のことだろう。青弥は聞きたくて仕方がなかったが、我慢をしてだまっていた。

大巫女様が言った。

「ナムチは地の声を聞く者。そのナムチが崇《あが》める神がオオナムチ。長縄の神あるいは蛇《へび》の神ともいわれておる。大地の神でもあり、地脈の神でもある。われらナムチは、はるかな昔、日の神を崇めるヤマトに服従した。やがてナムチの血を引く者のなかに、渡来人であるノーマ族から岩を掘り加工する技術を学ぶ者がでた。それがおまえたちだ。すぐれた石工集団として石作の姓までヤマトからもらった。なぜそうした能力があるのか、わかるか」

「地脈を感じ、見ることができるからですか」

「そのとおりだ。ここに控えているスセリもだ。この子は、地脈から大地の声、御神霊の声を聞くことができる」

尾瀧と青弥はスセリを見た。

スセリははっきりとわかるほど膝の上の拳をにぎりしめていた。

地脈とかナムチとか、青弥にはよくわからない話だった。だが、自分がスセリと同じ血筋であることには驚いた。

大巫女様は続けた。

「物部守屋は死んだぞ。そして、スセリが聞いた声によれば、ほどなくして天地をゆるがす大地震《おおない》があるようだ。だから、ヒモロギ岩は切り離すでない。へたに切り離せば、ヒモロギが割れるか、転がり落ちて川をふさぎ、人々にどのような災禍《さいか》を及ぼすかわからん」

「信じられん。わしは石工の棟梁として、ヒモロギ岩を完成させる義務があるし、工賃をもらい石工たちに分配する責任がある。失礼だが、大巫女様は責任逃れをしているとしか思えぬ」

尾瀧が怒りをあらわにしたとき、背後で声がした。

「ほんとうのことだ」

老人が立っていた。鎌鳴であった。背後に従者の男がふたりいた。夜通し歩いてきたのか、疲れで頬《ほお》がこけていた。それでも鎌鳴の目には強い光がこもっていた。

「大巫女よ。久しぶりだな。ゆるりと思い出話でもしたいところだが、ヤマトから兵を引き連れた使者がさしむけられたらしい。込み入った話もあるので、わしが老骨に鞭《むち》打ってやってきたぞ」

「鎌鳴か。それはご苦労であった。だがいちばん大事なことを、いつも後回しにする悪い癖《くせ》は、ちっともなおっておらぬな。息子の尾瀧は、さきほどから混乱のきわみにおるぞ。孫の青弥はまるでちんぷんかんぷんの顔だ」

「それを言うな。ところでヤマトからの使者のことだが、おそらく到着するのは二日後だろう。それまでに逃げろ。この情勢では、何が起こるかわからん。これを持って出雲の阿《あ》佐《さ》山に行け。かくまってくれるはずだ」

鎌鳴はそう言って、短剣を一振り手渡した。柄に彫刻が施された見事なものであった。

大巫女様は「すまぬな」とうなずいてから言った。

「だが、まだ招霊が終わっておらぬ。今宵《こよい》は満月だ。月の力を借りて、できるところまでやってみようと思う」

「そういうくそ度胸がかわいくないんだな。それさえなかったら、わしの嫁に来てもらうところだったが。わは、わは、わははは」

鎌鳴のみょうな哄笑《こうしょう》に、尾瀧はあきれ果てた顔をした。だが孫の青弥は、そんな祖父が嫌いじゃない。鎌鳴と大巫女様には、若い頃からの付き合いがあるようだった。その話も聞いてみたいが、青弥はもっとべつの心配をしていた。

なぜヤマトから兵をつれた使者がやってくるのだろう。そしてなぜ大巫女様が逃げねばならないのだろう。父の尾瀧もおなじことを心配していたらしい。鎌鳴に問いかけた。

「ヤマトから使者がくるというのはわかるとして、どうして兵を連れてくるのか。ただの護衛なのか。それともわしらを捕らえにくるというのか」

鎌鳴のかわりに大巫女様が答えた。

「おまえたちを捕らえにくるわけではない。だが、大王の病死や馬子殿の度重なる病が、われら巫女の呪詛《じゅそ》だという噂《うわさ》がある。だからここに残っていれば、われらは捕らえられるかもしれんな」

尾瀧はさらに問いかけた。

「わしもその噂は知っている。ほんとうのことを知りたい」

大巫女様は尾瀧の顔をまっすぐ見た。

「日の神を崇めるヤマトは、呪術によって日の神、天の声を聞こうとする。地の神よりも高いところにいる神が、より崇高《すうこう》だと信じておる。だから天の声によって、人を殺したり貶《おと》しめたりしてもいいと考えておる。わしも天の声を聞く呪術を若い頃学んだ。だが、そんなもの、ちっとも聞こえてはこなかった。わしに聞こえてきたのは、地の声だけだ。地脈を通って聞こえてくるオオナムチの声だ」

「ではなぜ、守屋様は、そんな大巫女様にヒモロギ岩の招霊をまかせたのだ」

こんどは鎌鳴がかわりに答えた。

「天の神などいないからだ。守屋殿は日の神、天の神に仕える職にあり、代々御神霊と関わる一族だったからこそ知っていた。いや、わかっていた。高天原も存在しないし、天に住まわれる神などもいないと」

大巫女様が続けた。

「されど地の神、地の声はある。大地は生きておる。人の体に血脈が張り巡らされているように、大地にも地脈が無数に張り巡らされておる。その地脈の鼓動や波動を読む力があれば、この世界で起きることのおおよそがつかめるのだ。なぜなら、われらもまた、まちがいなく大地から生まれ出たものであるからな。守屋はその力でもって、ヤマトを我が物にしようとした」

尾瀧が深い息をついて言った。

「守屋様は、天の神と地の神、両方を手に入れようとしたということか」

思わず青弥も口を開いていた。

「大巫女様は、だったらなぜ、守屋様に手を貸そうとしたのだ」

大巫女様は口元をゆるめて、青弥をやさしい目で見た。

「たしかに表向きはそういうことじゃ。しかしわしの真のねらいは、このヒモロギ岩に地脈を通じさせ、オオナムチの御神霊を宿すことだ。そしてできれば、御神霊を宿したヒモロギ岩を立ち上げ、ヤマトの地の中心に据《す》えることだ。日の神を蹴散らし、大地とともに生きる者こそがこの世の主であることを、人々にわからせるためだ。これこそ、大王に対する大逆。われらナムチの血を引く者の反逆」

鎌鳴が皺のある顔をにやりとさせた。

「オオナムチの大きな塊《かたまり》が出雲にある。昔、ヤマトの呪術師によって、大社《おおやしろ》の地下に封印されたのだ。しかしそこから、このヒモロギ岩に地脈を通して呼び込むことができるとしたら……。たとえ大地から岩をはがすことができなくとも、ここに人が来て、オオナムチの声を聞けば、天の声よりも大事なことがあることに気がつく。人間の命の根っこは、大地にあるからだ。尾瀧よ、それでいいではないか。わしらの仕事はそこまでで」

続いて大巫女様もなぐさめるように言った。

「いつかは誰かが、このヒモロギ岩を大地からはがし、立ち上げて完成させるだろう。今はそれを信じるしかない。わしも年老いて、オオナムチを呼び込む力も失せた。だが、ここにいるスセリならできる。そのために、この子に禁忌の術も伝えた。スセリも心を決めた。それでよいな。スセリ」

みんなはスセリを見た。スセリはうつむいていたが、ゆっくりと顔をあげた。緊張しているのか、くっと喉《のど》を鳴らし、大きく息をついてから口をひらいた。まとまった話をするスセリを、青弥ははじめて見た。

「わたしは……思う。大巫女様に見出《みいだ》され、じぶんの中に地の声を聞く力があることを知ったとき、ようやく生きていたいと思えるようになった。……わたしも、奴婢だった。天の神は、人が造ったものだ。人が人の上に立つために、人が人を支配するために造った偽の神々だ。……わたしも、大巫女様といっしょに出雲に行く」

スセリはそれだけ言うと、まただまりこんだ。それは、スセリの決意の深さでもあった。

え？　行ってしまうのか。青弥は出かかった言葉を飲み込んだ。

大巫女様はうなずいた。

「おまえが望むなら、そうすればいい」

尾瀧も大きくうなずいた。

「わかった。では、石工たちにはわしから話をしよう。それにしても、ナムチの血を引くとはな。父さん、もっと早く話してくれよ」

「すまん。すまん。てっきりわかっているものと思っていたぞ。ほかの石工たちだって、みんな知っているからな」

鎌鳴のとどめを刺すような言葉に、尾瀧ははげしく頭をふるしかなかった。

青弥は笑いたい気持ちをおさえながら、スセリと大巫女様を見た。

ふたりの力になりたいが、今の青弥には、してやれることはなにもない。できるだけはやく一人前になって、そして、……。その後のことはあえて空想するのをやめた。甘っちょろい同情やおせっかいな夢は、ふたりの巫女には迷惑なだけだ。

その夜、満月が天高く昇った時刻に、ヒモロギ岩に巫女装束《しょうぞく》をまとったスセリがあがった。

付き添ったのは、大巫女様と初老の巫女だけだった。ほかの巫女たちは、早くもそれぞれのふるさとにもどったらしい。

月光に照らされたヒモロギ岩は、うっすらと青白く妖《あや》しげであった。そのヒモロギ岩をとりかこむ石山に、石工やその家族たちが全員集まった。オオナムチの神霊を招く祭祀を見届けるためと、ヒモロギ岩に別れを告げるためであった。

大巫女様が朗々《ろうろう》とした声で祝詞をあげ、初老の巫女が鈴を鳴らした。

ヒモロギ岩のスセリが、榊の枝葉をもって四方を清めるように祓《はら》った。それから舞いが始まった。

青弥はその舞いを見ながら、大巫女様の言葉を思い出していた。川ヤナギの下での話のあと、大巫女様が青弥だけを呼び止めたのだ。

「真の巫女とは、たとえ身をヒモロギにし、御神霊をわが身に入れようとも、心は覚めたままだ。呪術師のように、意識が失われ身も御神霊に操《あやつ》られるわけではない。だから心配するな。いつでもスセリはふつうの人にもどれる。ただの女にもどれる」

含みのある言い方であった。スセリは、ほんとうはどんな生き方をしたいのか。青弥よ。おまえの心が決まったときは、スセリにそれを問いかけろ。そしてじぶんの思いを言っていいのだぞ。大巫女様の言葉は、そういう意味だったのだろうか。

大巫女様は最後にこうも言った。

「スセリと青弥は、たとえるならば野を舞い飛ぶ二つ蝶じゃ。青弥よ。たとえ人間以外の獣《けもの》に生まれ変わろうとも、スセリのそばにいてやれ。これまでもそうであったように、これからもだ」

大巫女様のことばは謎に満ちていて、青弥には理解できなかった。

青弥はできるだけ早く一人前になろうと思う。今はそれしかないではないか。

ヒモロギ岩の巫女が歌いはじめた。はじめて聞くスセリの歌だった。すきとおった若い娘の声だが、芯《しん》のある力強さがあった。手にした榊は、まっすぐ西北西に向けられていた。出雲の方角である。

やがてわずかの間だが、月が雲に隠れた。その雲が行き過ぎ、ふたたび満月が巫女を照らした。巫女の身につけた麻地の布が、蒼く染まっていた。おなじ色にヒモロギ岩も染まり、まるで空に浮いているように見えた。

「西の空が変だ」

石工のひとりがつぶやいた。皆は夜空を仰《あお》いだ。西の空がぼんやりと明るい。ひとりの石工が、岩山の頂上にむかって走った。

その間も巫女の歌舞《うたまい》は続いた。大巫女様と付き添いの巫女も、祝詞と鈴をやめない。それぞれが不協和音のように独立しながらも、ひとつの音の塊を形成し、うねりのようなものを作っていた。

「みょうな光がやってくるぞ！」

頂上まで行った石工が叫んだ。すると大巫女様が立ち上がった。

「ナムチの血を引く者は頂《いただき》へ登れ。見るべきものを見よ。そして語り継げ」

一斉に野見の者たちは山の頂上をめざした。山といっても頂上へはすぐに行ける。もちろん青弥も尾瀧もみんな行った。

西北西の方角から、地面を光が蛇行しながら走ってくる。まるで大地を走る稲光《いなびかり》のようであった。地脈を通ってきているのだろうか。ときにはじぐざぐに、あるいはうねるように、そして最後はまっすぐにこちらにむかってきた。

空気を振動さすような一瞬のゆらぎを感じさせ、光は石山の下にもぐりこんだ。

「ヒモロギ岩だ！」

誰《だれ》かが叫び、人々はまたヒモロギ岩まで駆け下りた。青白い炎のようなものにヒモロギ岩は包まれていた。その中で、若い巫女は歌舞を続けている。

おのこかむな　（男神よ）
たちてこごれ　（起ちてかたくなれ）
こごりてほことなし　（かたまって矛《ほこ》に成り）
みたまをしずくにちにおとせ　（御霊を雫《しずく》にして地におとせ）
ひめのかむなしずくうく　（女神は雫を受ける）
なりなりて　（成り成りて）
みとはしげるにしげり　（実と葉を茂るに茂らせ）
たまのいやさかよのいやさか　（命よ弥栄《いやさか》に栄え　世もまた弥栄に栄えよ）

そのとき、ふしぎなことが起きた。舞いをみつめる青弥の心に、スセリの声がとどいたのだ。声はたった一度だけだったが、こう言った。

わたしは何度も魂をつないで生きていく。だから青弥よ。おまえも時を越えてわたしを見つけ、そうしてそばにいておくれ。

それはスセリのなぐさめの別れのことばなのか、これからすべてが始まることを告げる決意なのか、いまの青弥にはわからなかった。

舞いと歌は、月の光がある間、終わることなく続いていった。

下《しも》御《ご》霊《りょう》神社

巨石をスケッチしながら見た幻は、いっそうリアルで存在感があった。そこからあかりは、ひとつの仮説をたてた。

だが、それはまだ、確信には至っていない。

写真の台紙裏に書かれた三つめの場所に行けば、確信に至ることができる気がする。じぶんはいったい何に突き動かされているのか。

あかりはそう思って、次の週は京都へ出かけた。

母の七海からは、頻繁《ひんぱん》にメールがくる。和江とうまくいっているか、退屈はしていないか、ミュンヘンでの仕事は順調だから、予定通りに帰れそうだ、などなど。あかりは適当に返信するくらいで、母がいないことをそれほどさびしいとは思わなかった。

祖母の和江は、あかりの行動に何も口をはさまない。あきらかに挙動がふつうではないのに、黙って見守ってくれていた。

三つめの文字。

しもごりやう。

古文で習った読み方からすると、「しもごりょう」となる。これはすぐに「下御霊神社《しもごりょう》」だとわかった。その神社名のもつ印象や、京都にあるということから、謎解きの山場だということが直感された。だからこそ、最後に残したのだ。

下御霊神社の住所は、京都市中京区寺町通丸太町下ルである。

祭神は、吉備聖霊《きびのしょうりょう》、崇道《すどう》天皇（早良親王《さわらしんのう》）、伊予親王《いよしんのう》、藤原大夫人《ふじわらのだいぶじん》、藤大夫《とうだいぶ》（藤原廣嗣《ふじわらのひろつぐ》）、橘《きつ》大夫《だいぶ》（橘逸勢《たちばなのはやなり》）、文大夫《ぶんだいぶ》（文屋宮田麻呂《ぶんやのみやたまろ》）、火雷天神《からいのてんじん》の八柱。

神社名が示すとおり、平安時代の御霊会《ごりょうえ》と御霊信仰によって建てられた神社である。

御霊会は、九世紀に京都で疫病《えきびょう》が大流行し多くの死者が出たために、朝廷が疫病神退散のためにおこなった祭りである。これが民間の祭りとして有名になったのが祇園《ぎおん》祭。また御霊信仰とは、恨《うら》みをもって死んだり非業《ひごう》の死をとげたりした者の霊をしずめると、世の中の平安をとりもどせるという信仰のことである。

たとえば下御霊神社に祀《まつ》られている早良親王は、無実の罪で捕らえられたことに抗議をし、食を断って死んだ。その後、皇族たちの病死や異変があいつぎ、飢饉《ききん》や疫病まで流行した。その原因は、怨霊《おんりょう》となった早良親王の祟《たた》りと考えられ、その霊をしずめるために鎮《ちん》魂《こん》の儀式がおこなわれた。さらに崇道天皇という天皇の名まであたえ、また神として祀ることで、怨霊の悪害をしずめようとした。この神社に祀られているのは、吉備聖霊と火雷天神以外、すべてそうした人々である。

おなじ京都市内に上御霊神社というのがあるが、祀られている人々は下御霊神社と重なるところが多い。こうした御霊系の神社は他にも多数あり、たとえば京都なら菅原道真を祀る北野天満宮、大己貴神《おおなむちのかみ》を祀る今宮神社、滋賀県大津市には壬申の乱で首をつって死んだ大友皇子を祀る御霊神社、愛媛県宇和島市には藩の政争にまきこまれて殺害された山家清兵衛を祀る和霊神社がある。

なお下御霊神社には霊水が湧き出ており、ポリタンクやペットボトルで水を汲みにくる人々が絶えない。寺町通りという都市のど真ん中にある神社だが、境内は静けさにつつまれている。朱塗りの鳥居をくぐると瓦屋根の神門があり、さらに舞殿、その奥に神殿が建っている。

京都御所の南西すぐのところである。

あかりは調べたことを思いおこしながら、地下鉄の駅を出た。京都御苑の森にそって東にむかう。天皇が住んでいたという御所も見学したいが、今はとりあえず下御霊神社である。真夏だというのに観光客が多い。とくに外国人の姿が目についた。

御苑の森がとぎれたところが寺町通りである。そこの信号をわたると、すぐ左手に下御霊神社があった。

資料で調べたとおり、朱色の鳥居のむこうに神社の建物が見えた。

まずは手水舎で手を洗い口をすすぐ。この手水舎に湧く水は、御香水と呼ばれ、御神水でもある。

あかりも御香水をいただいた。やわらかくおいしい水である。そして冷たい。夏にはありがたい水であった。

通りをはさんでむかい側に和菓子屋があった。あかりはひょっとしてと思い、参拝するまえに店を見ることにした。京都の和菓子屋らしい趣《おもむき》で、涼しげな麻の暖簾《のれん》がかかっている。老舗なのだろうか。板の看板には、創業が昭和二十七年となっていた。ということは、あかりの先祖がやっていたという店とは関係ないようだ。

ほっとしたような、ちょっとがっかりしたような気分であった。

あかりは気をとりなおして、下御霊神社の鳥居をくぐった。

葉を茂らせた桜や小賀玉《おがたま》の巨木が、夏の日差しをさえぎってくれている。御香水をもらいにくる人以外には、あまり参拝者がないらしい。境内はセミの声がするだけで、ひっそりとしていた。だが、神殿のほかに舞殿もあるりっぱな神社である。
あかりは参拝をすませると、小賀玉の木陰に立ち、スケッチブックを取り出した。
舞殿と神殿を描こうと思った。
桜の枝々で湧くようにセミが鳴いている。
スケッチブックに鉛筆をむけたとたん、セミの声が遠ざかった。
やがて耳の奥にコンチキチン、コンチキチンという音が聞こえてきた。

御《おん》菓《か》子《し》おあがりやす

お良《りょう》がはじめてその人を見たのは、文久《ぶんきゅう》二年の夏のことであった。

コンチキチン、コンチキチンと、祇園《ぎおん》祭のお囃子《はやし》が聞こえていた。お良の住んでいるあたりには山鉾《やまぼこ》がない。だから祭り見物をすませた人が通るくらいだ。それでもいつもよりお客が多いので、お良も店にいなければならなかった。

祇園祭は何日もつづくので、あせることはない。それでもコンチキチンの音が聞こえてくると気がせいてしまう。店先の掃除をしながらつぶやいた。

「今日あたり行きたいな。けど、ひとりでは心細いしな」

祖父の藤右衛門《とうえもん》は、祇園祭など人ばっかりでちっともおもろない、と言う。

「でもやっぱり、おじいちゃんに、いっしょに行こらて言うてみよ」

ひとりごとだったが、思わず紀州《きしゅう》弁が出てあわてた。お良は今年十二歳になった。紀州から京都へやってきて二年たつ。いっしょうけんめい京言葉をおぼえようとしているが、ときどきこうして紀州弁が出るのだった。

昼過ぎのことだった。朝のうちにまいた水がかわいてしまったので、お良は店のまえに打ち水をした。

店は寺町通りに面しており、すぐとなりに下御霊《しもごりょう》神社がある。手水舎には御神水が湧き出ており、その水をごくごくと飲んでいる侍《さむらい》がいた。いや、はじめは侍とは思わなかった。薄汚れてごわごわになった袴《はかま》も、最初は袴には見えなかった。月代《さかやき》のないちぢれっ毛の髪を、無造作にうしろで結んでいた。

「お乞食《もらい》さんやろか」

よく見ると、腰には刀を差していた。それではじめて侍だとわかった。しかもけっこう若い。

伏見《ふしみ》の旅館で薩摩《さつま》の侍たちが斬《き》り合うというぶっそうなことがあったり、町の中でも侍たちのもめごとがあったりした。けれども、その頃はまだまだ町はおだやかであった。ただ、去年は皇女の和宮《かずのみや》様が江戸の将軍様のところに輿入《こしい》れし、将軍とはいえ家来の武士のところに嫁入りなどかわいそうなことだ、と人々は噂《うわさ》した。世の中がどことなく浮き足だってきているのはお良も感じていた。

お良は紀州の小浦《こうら》という漁村で生まれ育った。九歳のときに、漁師をしていた父親が海で亡くなり、一年もたたぬうちに母親も病気で死んだ。両親がいなくなってはじめて知ったのだが、父親の実家は京都であった。身寄りのないお良を、祖父がむかえにきた。

祖父は菓子職人で、小さいながらも店を構えていた。寺町通りに面した店で、屋号は井《い》野屋藤右衛門《のやとうえもん》。作っている菓子の名も『藤右衛門』。じぶんの名前をつけたのだ。

「まっこと、ここの水はうまいねや」

侍は、お良の視線に気づいてそう言った。

お良はあわててこくりとうなずいた。

侍はくしゃくしゃの手ぬぐいで口をふくと、境内に入っていった。そのまま拝殿のほうへ行き、お参りをしているようだった。

お良は店にもどり、店番をした。祖父の藤右衛門は菓子職人としては有名らしいが、商売のほうには欲がなかった。おまけにすこぶる頑固《がんこ》で、見習いの職人を雇《やと》ってもすぐにやめてしまう。菓子の作り方をいっさい教えないからだ。

職人は師匠の技を盗んでなんぼという。だが、祖父は、じぶんの仕事さえも弟子に見せない。見ることもできないなら、盗むこともできない。だからすぐにやめる。

店番を雇っても、祖父とうまくいかない。祖父が客を選ぶからだ。御菓子『藤右衛門』は、ほとんどが予約注文であった。残りを店で売るのだが、客を見て売るときと売らないときがある。

「売ってええ客と、よくない客と、まだわからんのか」

祖父がいやみをしょっちゅう言うので、やっぱり店番も居つかない。

そんなわけで、今はお良がひとりで店番をやっている。まだ十二歳の小娘であったが、祖父はなぜかまかせてくれた。店番はたいくつな仕事だから、通りを行きかう人を見ながらすごした。ときどきではあるが、祖父といっしょにお菓子を届けに客の家に行くときもある。お公家《くげ》さんとか、大きな商人の家などがお得意さんであった。

午後の八ツ時を過ぎたころ、ふとさっきの侍のことを思い出した。それにしてもきたない身なりであった。背中にちいさな荷をしょっていたから、旅をしているのかもしれない。あの水の飲み方は、のどがかわいているというよりも、空腹をごまかしているような飲み方だった。お良も両親を亡くしたあと、ときどきそういうことがあったからわかる。

お良は気になって、店を出ると下御霊神社を外からのぞいた。朱塗りの鳥居のむこうに瓦屋根の神門がある。緑の葉を茂らせて桜が涼しげだった。侍の姿はここからでは見えない。

お良は神門をくぐり、境内を見た。

「お侍さん！」

さっきの侍が、桜の木の下でたおれていた。

「どないかしはったんどすか」

お良が腰をかがめ声をかけると、侍はうっすらと目をあけた。ほこりやら葉っぱやらを髪につけたまま起き上がった。

「あ、こりゃ、さっきの……。宮司《ぐうじ》さんにことわって、昼寝させてもろうちょったがやき、だいじょうぶぜよ」

そう言いながらも、侍の腹がぐううっと鳴った。はずかしそうな顔で続けて言った。

「長旅をしてきたもんやきね」

「ひょっとして、何も食べやらんまま?」

「いやあ、まあ、そういうことぜよ。あははは、はあ」

眉《まゆ》を八の字して、侍は力なく笑った。

京でも江戸でもないことばを侍はしゃべった。それはどこか紀州のことばにつながるようなつかしさがあった。たぶん、西のほうだ。

「ちょっと待っといておくれやす」

お良は店にもどり、祖父の仕事場のある奥へむかった。祖父の作る菓子は、春夏秋冬の季節ごとのものが四種類。ほかにはこの『藤右衛門』だけだった。季節菓子は完全に注文制だから、じっさいはほとんど『藤右衛門』だけを作っている。

長崎伝来のカステイラという西洋の菓子を、藤右衛門が改良を重ね、和風の菓子にしたのが『藤右衛門』であった。よほどの自信があるとみえて、祖父はいつの頃からか、この菓子だけで勝負するようになったという。

天皇さんやらお公家さんやらにも人気があり、なかなか庶民《しょみん》の口には入らないものだった。もちろん値も張る。けれど、焼きあがったものを切ったあと、縁《ふち》の切れ端が出る。それをよろこんでくれる人たちに分けてあげるのだった。たいていは貧しい人や、祖父の気に入った人たちに食べてもらう。そのことを最初に聞いたとき、なんと失礼なことをしているのだろうと、お良は祖父を嫌いになりかけた。

けれど祖父は「この耳の切れ端がいちばんうまい。けど売りもんにはならんから、みなさんに食べてもろうとるんや。滋養《じよう》もあるしな」と言った。

祖父の作る『藤右衛門』は、たしかにおいしい。どうやって作るのか知らないが、仕入れの材料くらいはお良にもわかる。

小麦粉、砂糖、水あめ、白味噌《みそ》、卵。あと白あんや白胡麻《ごま》をまぜているところを見たことがある。

お良も『藤右衛門』を食べさせてもらったことがある。甘いが、甘いだけじゃない。白味噌やら塩っけやら、脂肪《しぼう》分のある油っけなど、微妙《びみょう》な味がした。もちろん切れ端はしょっちゅう食べている。端っこだから、こんがりとした焼き目がこうばしさを加えていた。たしかにこっちのほうが、お良もうまいと思った。

しかも栄養が満点だという。貧しい人や、病気がちの人にとっては、薬にちかい栄養価があるという。そんな人たちに、祖父はただであげていた。ただし、頼まれるとかならず断っていた。祖父が食べてもらいたいと思った人だけにあげるのだった。なぜそんなことをするのか、お良にはわからない。祖父には祖父の考えがあるようだった。

店の奥が仕事場になっており、祖父はたいていそこにいた。『藤右衛門』を作るのは早朝からだが、もっとおいしくするために、昼間もあれこれ工夫をしているらしい。もちろん、孫のお良とて、かってにそこへ入ることはゆるされなかった。仕事中は戸の外から声をかけるだけである。

「おじいちゃん。お侍さんが、旅をしてきておなかがへって、うごかれへんようになっとぉる。かわいそうやさかい、耳切れあげてもええ?」

しばらく返事がなかったが、くぐもった声で祖父が言った。

「浪人か」

「わからしまへん。けど、西のほうのお国から来やはったみたい。長州か、そのあたり」

祖父は長州びいきであった。京の人たちはたいていそうで、お良にはなぜかわからない。じっさいに長州の侍と話したこともないので、なおさらだが。

けれど祖父が長州びいきなのを知っていたので、とりあえずそう言ったのだった。案《あん》の定《じょう》、祖父は反応した。

戸をあけて出てきた祖父は、笊《ざる》に『藤右衛門』の切れ端をてんこ盛りにして持っていた。

「すぐに店に来てもらえ」

はい！　と返事をして、お良は侍をむかえにいった。

侍は恐縮しながらも、よほど腹が減っていたらしく、すなおについてきた。汚れた着物からは、汗臭《あせくさ》いにおいがした。だが、祖父は侍を見たとたん、なぜかうなずいた。

「まあ、こんなもんどすけど、おあがりやしておくれやす」

祖父はいつのまにかお茶まで用意していた。

店の上がりがまちに腰をおろした侍は、笊に盛られたものを見て、はじめはちょっとおどろいたようだ。どうみても、切れ端である。ふつうの侍なら、無礼者めと怒るところだ。

けれどその侍は、「こりゃうまそうじゃねや。えんりょせんと、いただきます」と口に入れた。

「こりゃまっことうまい。こんなうまいものは、わしゃあ食べたことがない。もうちくと、いただいてもかまんかねや」

「どうぞたんと、おあがりやしておくれやす」

おあがりやしておくれやすは、最上級のていねいな言い方である。祖父が風采《ふうさい》の上がらぬ若い侍に、そんなことばを使うことがふしぎだった。

侍は笊に盛られた『藤右衛門』を平らげた。茶を飲むと、あらためて礼をのべた。

「わしは才谷梅太郎《さいたにうめたろう》いいます。空腹で動けんところをたすけていただき、まっことありがとうございました。旅のとちゅうではありますけんど、ちと世の中をじゃぶじゃぶと洗濯したいと思うちょります。じゃが、そのまえに、わしの着物を洗濯せんといかんがやけんど。がははは」

「よろしければ、この子に洗わせますが」

「めっそうもない。お気持ちだけいただいときます。もうちくと落ち着いたら、またうかがわせてもらいますきに。いや、まっことうまかった」

才谷梅太郎という侍は、そう言って店を出ていった。

祖父がお良にたずねた。

「どうしてあのお侍をたすけようと思うたんや」

「かわいそうやったから」

しかしほんとはちがった。

お良が生まれ育った紀州の小浦にも、御霊神社という小さな社があった。京の下御霊神社とはくらべものにならないくらい小さなものだが、神社の名がよく似ていた。祭りや正月のときは、両親と晴れ着をきて出かけた。

その御霊神社には伝説があった。南北朝の戦乱の頃に、都から夫婦が小浦にやってきたという。そのことばや身のこなしから、身分の高い人であるらしいことが村人にはわかった。夫婦にたのんで、礼儀作法やら読み書きやらを教わったという。そんなとき、小浦の浜に神像が流れ着いた。夫婦の家に安置し、日夜拝《おが》んだという。やがて夫婦が亡くなり、この神像と夫婦を祀《まつ》る社が建てられた。それが小浦の御霊神社である。

お良は両親を亡くしたあと、ふたりが京都からやってきたことを知らされた。まるで伝説の夫婦のように思えた。そして祖父の家にやってくると、すぐとなりに下御霊神社があった。名まえがそっくりだ。なにかふしぎな因縁《いんねん》のようなものを感じた。ただ、この下御霊神社は、恨《うら》みや非業《ひごう》の死をとげたお公家さんたちを祀っているという。祖父からそのことを聞いてから、お良はなんとなくおそろしく、普段は境内に入らない。

しかし「御霊神社」のつながりは、たぶん偶然ではない。神様の導きのような気もした。だから、遠くから旅をしてきて腹をすかしている侍を、お良はほうっておけなかった。

ただ、それを言うと、両親のことにふれることになる。祖父がそのことをいやがっているのをお良は知っている。だからあたりさわりのない答えを言ったのだった。

両親が、なぜ京を出て小浦に行って暮らしたのか。そのわけを、祖父の口からはまだ聞けていない。いつか話してくれるのだろうが、祖父にとってはいやな思い出であるらしい。

祖父はお良の目をじっと見ると、「そうか。やさしいこっちゃな」と言って続けた。

「あの侍は、長州やない。土佐のお侍や。なかなかおもしろいお人やった。ちょっと臭かったけどな」

白いものがまざった不精髭《ぶしょうひげ》をなでながら、祖父はめずらしく笑った。

つぎにお良がその侍を見たのは、翌年の文久三年の夏、祇園祭も終わり、京の町もどこか気の抜けたような頃であった。セミの声も盛りとなり、じっとしているだけでも汗が流れ落ちた。

夏の盛りには、さすがに『藤右衛門』も売れない。店番もいっそうひまになる季節であった。

午後の打ち水を店の前でしているとき、とつぜん声をかけられた。

「まっこと暑いねや」

あの侍であった。

京都の暑さはとにかく蒸し暑い。三方を山に囲まれているせいか、鍋底に熱がたまるように暑さが逃げないのだ。お良が生まれ育った紀州も暑いが、もっとからっとしていた。

侍はこのまえ見たときよりも、どこかさっぱりとしていた。夏むきの着物は洗いざらしのもので、清潔感があった。ただ、袴はやっぱりよれよれであった。たしか、名を才谷梅太郎とかいった。

「ほんまにお暑いことで。こんにちは。お元気そうでなによりどす。才谷様」

「おりゃ。わしの名をおぼえておいてつかあさったか。こりゃうれしい。ところで、おまんの名まえを聞いちょらんかった」

「お良といいます」

「お良ちゃんか。ええ名じゃねや。おじいやんは、あいかわらず元気で頑固かえ」

侍の言い方がおかしくて、お良は笑ってしまった。腰に刀は差しているが、ちっとも堅苦しいところがない。それでお良も冗談《じょうだん》で言い返した。

「へえ。頑固も過ぎて、藤右衛門ばっかりつくってます。夏の水菓子でもつくってくれたら売れますのに」

「そうか。売れんか。それはちょうどよかった。これから所用で人を訪ねるところじゃき。手土産にと思うて来たがよ。人気の菓子と聞いちょるきに、売り切れちょらあせんかと心配しちょった」

「おおきに。ちゃんとありますえ」

侍はそのまえに下御霊神社にお参りした。手水舎のところから、その様子をお良は見ていた。さっきまでのやわらかな空気とはちがうものを、侍は背中のあたりから発していた。よほど深い祈りがあるのか、両手を合わせたまましばらく動かなかった。

「お、待ちよってくれたがか」

侍はもとの柔和な顔にもどって、お良のところまでやってきた。

「わしのふるさとに、和霊《われい》さんという小んまい神社があってねや、こどものころから、ようお参りしよったもんよ」

才谷梅太郎は店に入ると、『藤右衛門』を二箱買ってくれた。祖父も再訪をよろこび、お良に菓子の切れ端と冷やした茶を出すように言った。

「切れ端どすけど、おあがりやしておくれやす」

「あ、こりゃありがたい。じつは、これを楽しみに来たがやき」

梅太郎は屈託のない笑い声をあげて、うまそうに切れ端を食べた。

祖父はその様子をうれしげに見ながら言った。

「これは長崎滞在中に、カステイラという南蛮《なんばん》菓子をいただきまして、それを和風に作り直したものどす」

「ほう。長崎ですか。あそこは外国に開かれた港じゃけん、いろいろおもしろいものがあったでしょう。菓子作りを学びに行かれたがじゃろうか」

「いえ、じつは、蘭学《らんがく》、それも医学を学びに行っておりました。若い頃の話どすけど」

梅太郎も驚いたが、お良はもっとびっくりした。まさか祖父が医者になろうとした時期があったなんて、はじめて聞くことだった。

いろいろわけがあって、けっきょく家業の菓子舗《ほ》を継ぐことになったが、『藤右衛門』も長崎で学んだ医学や栄養学を取り入れているという。

「わしも外国のことを、こじゃんと学びたいと思うちょります」

「お若いというのは、うらやましいことどすなあ。どこかで学ばれておられるのどすか」

祖父の質問に、梅太郎はわずかに目を光らせた。どこか警戒《けいかい》するような目であった。それも瞬時のことであって、すぐにもとの目にもどった。

「わしはいま、神戸にある海軍操練所《そうれんじょ》というところで学んじょります」

「ほう。軍艦御奉行《ごぶぎょう》の勝《かつ》様のもとで学ばれておられるということどすか」

「勝先生をご存知《ぞんじ》かえ。天下一の大人物じゃと、わしは思うちょります。そこで操船術やら何やらを学んじょります。今日も、勝先生の使いで京に参ったわけですけん」

「そうせんじゅつ？」

お良は思わず聞いてしまった。大人の話に、しかも女子《おなご》が口を入れるのははしたないことであった。だが、梅太郎の学んでいることが知りたかった。

「船の操《あやつ》り方のことじゃきに」

「うちのおとうちゃんも、漁師で舟に乗っておりました」

無邪気にお良がそう言うと、梅太郎は笑いながらうなずいた。祖父もこまったような顔をして微笑《ほほえ》んでいる。どうやらとんちんかんなことを言ったらしい。

祖父が言った。

「船というても、外国にまで行けるような大っきなものや。大砲《たいほう》やら、寝るための部屋やらもあるたいそうなもんや」

大砲と聞いて、お良は胸が少し痛んだ。戦《いくさ》をするための船なのだろうか。アメリカとフランスの軍艦が、下関の長州軍に砲撃をしているという噂だった。梅太郎もいつか、そうした戦をするのだろうか。

お良の心配をよそに、才谷梅太郎は明るい声を残して店を出て行った。

「将来がたのしみなお侍さんやな」

祖父が白い不精髭をさわりながら、うれしげにつぶやいた。

（おじいちゃんの子ぉやったうちのおとうちゃんは、どうして紀州の小浦に行ったん？　おじいちゃんにとって、将来がたのしみな子ぉとはちごうたん？　おかあちゃんのことは、どう思てたん？　うちのおかあちゃんは、どっから来たひとなん？）

お良は膨《ふく》らんでくることばを、むりやり喉《のど》のおくにしまいこんだ。

つぎに才谷梅太郎がやってきたのは、翌年の元治《げんじ》元年、秋のことであった。お良は十四になっていた。

はじめて梅太郎を見てからわずか二年の間に、京の都はずいぶん変わった。藩士や浪人など侍がふえたことだ。その結果、血なまぐさい事件もふえた。

去年は姉小路公知《あねがこうじきんとも》という公家が、御所の朔平門《さくへいもん》の近くで斬られて死んだ。侍同士の斬り合いもあちこちで起きた。そんな中で、薩摩藩と会津《あいづ》藩が組んで、尊皇攘夷派《そんのうじょういは》の長州藩を京から追い出した。おなじ考えをもつ公家が、七人も長州に逃れた。幕府を倒して政権を天皇に返すべきだとか、いや、天皇と幕府が力を合わせるべきだとか、外国の船を追っ払えだとか、いや開国して日本も外国とつきあうべきだとか、いろんな考えが入り乱れては争っていた。

長州は下関で外国の船と戦争をしているらしい。長州藩を京から追い出した薩摩藩も、鹿児島湾でイギリスの艦隊と戦争になったと聞く。いったい何がどうなっているのか、お良にはさっぱりわからなかった。

どちらにせよ京の都は、異様に張りつめた空気に包まれていた。町のあちこちで、斬り合いがあったという話を聞く。

後に新撰組《しんせんぐみ》となる壬生浪士組《みぶろうしぐみ》が編成され、京の町を練り歩いた。討幕派《とうばくは》の志士たちを監視するのが目的らしいが、ときには町人にまで乱暴をはたらいた。だから人々は「みぶろ」と呼んでばかにした。

それに対して、長州藩はいまでも人気があった。京を追い出されても、長州の志士たちはひそかに倒幕運動をしているという。斬り合い殺し合っているのは同じことなのに、壬生浪士組は嫌われ長州の志士たちは好かれる。それもお良にはわからないことだった。

年がかわり、元治元年になると、壬生浪士組から名をかえた新撰組が、三条木屋町《さんじょうきやまち》にある池田屋を襲った。祇園祭の夜であった。お良の住んでいるところからわりと近い。

池田屋には、長州や土佐などの尊皇攘夷派の志士たちがあつまり、会合をひらいていた。そこへ新撰組が襲撃をかけ、志士側に死者や負傷者を多くだした。尊皇攘夷派の志士たちが、京の都に火を放ち、その混乱に乗じて一気に倒幕へ動くことを密議していたという。そのおそろしい計画を未然に防いだということで、新撰組の名は全国に知れ渡った。けれども、それは新撰組が流した嘘だという話もある。じぶんたちの手柄を正当化するために、都合のいい話をでっちあげたのだと。

祇園祭がおわってすぐの頃、こんどは佐久間象山《さくましょうざん》といういうえらい学者が、三条木屋町で暗殺された。斬ったのは尊皇攘夷派の熊本藩士だという。尊皇とは天皇を尊び、攘夷とは日本が外国に侵略されないために鎖国を続けるという考えである。暗殺された佐久間象山は、開国して日本も世界の知識や文化を吸収していくべきだという考えだった。

いったい誰が正しく、何が正しい考えなのか、お良はますますわからなくなっていた。ただ、正しさを追い求める侍たちが、町人をまきこんで血なまぐさい事件を起こし続けていることは確かだった。

それからすぐに、後年「禁門の変」とよばれる戦が起きた。京を追い出されていた長州藩が、軍をととのえて再び上洛《じょうらく》した。その数およそ三千。尊皇攘夷をかかげる長州軍に対して、幕府側は薩摩や会津、桑名《くわな》などの藩が御所周辺に陣営をかまえた。数万におよぶ大軍であった。

この頃の幕府は、それまでの幕府独裁の政治を反省して、天皇や公家たちと力を合わせるやり方にしようとしていた。これを公武合体《こうぶがったい》という。しかしそれは、けっきょく徳川幕府の古い政治を続けることである。日本国を一新し、外国の侵略を食い止めるためには、天皇にいったん政権をもどし、幕府政治そのものをやめるべきだと長州藩は考えた。だから御所にいる天皇を、幕府から救い出すという名目で軍隊を上洛させた。

お良はそんなふうに祖父から聞いた。

京の町は、鎧兜《よろいかぶと》で武装した侍であふれた。いつ戦になってもおかしくない状態となり、町人たちはいつでも逃げられるように準備をした。お良も祖父に言われ、荷物をそろえていた。

七月十九日。とつぜん銃砲《じゅうほう》の音が轟《とどろ》いた。まるで爆竹《ばくちく》が破裂《はれつ》するみたいに、連続して聞こえた。すぐに大砲の音も続いた。小銃と大砲による猛射である。

何が起きているかわからないまま、お良は祖父といっしょに家のおくどさん（竈《かまど》）のそばでうずくまっていた。いつ流れ玉が飛び込んでくるかわからないからだ。後でわかったことだが、御所の禁門（蛤御門《はまぐりごもん》ともいう）や堺町《さかいまち》御門で、両軍が戦闘を開始したのであった。

夏の間ほとんど雨の降らなかった京都では、戦火によってすぐに火事が起きた。はじめに御所付近から発生した火は、風によって南下し、京の町を二日間にわたって焼きつづけた。

爆裂音と銃砲と、空を焦《こ》がす黒煙の中を、お良と祖父はひとつっきりの風呂敷包みをしょって逃げた。山科《やましな》というところに祖父の知り合いがいて、そこでしばらくやっかいになった。

なにが尊皇攘夷だ、なにが公武合体だ。町を焼き、人々を逃げ惑《まど》わせ、いったい侍たちは、なにをしようとしているのだ。じぶんたちの思いや考えを貫くために、人を殺したり、大砲や銃を撃ったり、それで世の中がよくなるとでもいうのか。お良は怒りとともにそう思った。

戦に負けた長州は、藩邸《はんてい》に火をつけて逃げたという。一方で、長州が京にもどってこないようにいっそのこと町を焼きはらってしまえと、幕府の重役である一橋慶喜《ひとつばしよしのぶ》が町じゅうに火をつけさせたという噂もあった。

十日ほどして、お良と祖父は様子を見に京へもどった。都の中心部は焼け野原になっていた。ところが、店は奇跡的に残っていた。もちろん隣の下御霊神社も無事であった。寺町通りをはさんでむこう側は黒こげの焦土《しょうど》と化していた。風向きや火の勢いや通りの空間によって、かろうじてここで火が止まったのだ。

秋の風が吹き始めたころに、店を再開させた。こんな焼け野原になってしまったのに、菓子の注文があるのだ。もちろん町人たちは、その日に食べることさえむずかしい状態であったから、注文をしてくるのは公家や大名の京都別邸などであった。

『藤右衛門』の切れ端を、家をなくして鴨川の河原で寝起きしている人たちにせめて食べさせてやりたい。お良はそう思ったが、祖父がゆるしてくれなかった。そんなことをしたら、もらった人ともらわなかった人との間で諍《いさか》いがおこるというのだ。それに、『藤右衛門』を作る材料も手に入りにくかったので、作るといっても以前のようにはいかなかった。

そうは言いながらも、菓子を作った日は、祖父は切れ端をもってどこかに出かけた。行き先は言ってくれなかった。

そんなころ、あの才谷梅太郎がひょいと店先にあらわれたのだ。

「たまるかねや。こりゃ、あんまりじゃねや。けんど、ここは無事で、ほんまによかったぜよ」

祖父は出かけていていなかった。

とつぜん梅太郎があらわれて、いつもの柔和な顔を見たとたん、なぜかお良はむかむかと腹がたってきた。

梅太郎が悪いのではない。それはわかっている。梅太郎の言い方からすれば、この前の戦には加わっていないのもわかる。だが、侍というものに、どうしようもなく腹がたった。

「いったいお侍さんは、なにをしとうおすの。うちらみたいな町のもんを、こないにいじめて、どないな国にしたいと言わはんのん」

「あ、こりゃ、まっこと、すまんことやったのう」

意外にも梅太郎はすなおにあやまってくれた。

梅太郎はわるくない。

わかっているのに、口からきついことばが次々と出てきた。

「会津も薩摩も、長州もきらいや。お公家はんも、一橋はんもきらいや」

じぶんでおどろいた。こんなにきついことを他人に言ったのははじめてだった。梅太郎のやさしさに甘えているのだ。それに気づいたとたん、お良ははげしく後悔した。

くやしさと後悔でお良がうつむくと、梅太郎が言った。

「まっこと、そうじゃ。このまんまじゃ、なんのための世直しかわからん。お良ちゃん。わるかったねや。けんど、わしもお良ちゃんとおんなじぜよ。こんなめいわくな戦をしたらいかんし、なによりも、おなじ日本人同士で殺しおうたらいかんちや」

梅太郎は、焼け野原をふり返りながらそう言った。

そのとき、姿は見えなかったが、誰かの声がした。

「龍馬さん。そろそろ行かねば。薩摩がようやっと時間をとってくれたがですけん」

梅太郎は、声のしたほうを見てうなずいた。

「もうちくとだけ待っとおせ」

梅太郎はそう言って、ふところから紙包みをとり出した。店番をしているお良に手渡した。

「金平糖《こんぺいとう》じゃ。菓子屋の娘さんに菓子をもってくるいうのも変じゃが、おまさんに食べてもらおうと思うて、お土産じゃ」

こんぺいとう。聞いたことはあるが、食べたことはない。紙包みを開けると、星の形をしたきれいな菓子が十粒ほどあった。

(おおきにさんどす)

ということばが、喉元まできているのに出てこない。なぜか涙が目にたまってきて、胸がいっぱいになっていた。こくりとうなずいて、お礼の気持ちをあらわすのが精一杯であった。

梅太郎は、焼けずに残った下御霊神社のほうを見てつぶやいた。

「御霊《みたま》に鬼神《きしん》になってもらい、世の中を変えるために力をかしてもらおうと思うちょったが、それはまちがいじゃったかもしれん。恨みで成仏できん御霊を利用するがは、卑怯《ひきょう》なやり方かもしれんねや。生きちょるわしががんばるしかないのかもしれん。いや、そうするのが、御霊に成仏してもらういちばんええことかもしれんねや」

涙を見られたくないのでお良はうつむいていた。梅太郎の言うことは、よくわかった。うちもそう思いますと言うつもりで顔をあげると、そこにはもう梅太郎はいなかった。

あわてて店の前に出ると、寺町通りを北にむかって歩いているふたりの侍が見えた。御所の北側はほとんど焼けていない。梅太郎はさっき、たしか「りょうまさん」と呼ばれた。

才谷梅太郎じゃなくて、「りょうま」というのが本名なのだろうか。お良はじぶんの名前と似ていることに、わずかに胸が高鳴った。それから気づいた。せっかく来てくれたのに、『藤右衛門』を食べてもらっていない。

けれどもお良が梅太郎を見たのは、けっきょくそれが最後となった。


世の中は、それからも激しく動いた。幕府が長州征伐《せいばつ》を決め、諸藩に命じて長州に出兵した。ところが意外にも、幕府軍は苦戦をした。元治から慶応《けいおう》と年号もかわり、幕府もなんとか体制を立て直そうとしたが、将軍の家茂《いえもち》公が亡くなり、一橋慶喜が十五代将軍となった。まるでそれを待っていたかのように天皇も亡くなった。そうして慶応三年となった。

仲のわるかった長州と薩摩が手をにぎったとか、その薩摩と土佐が密約を結んで、いよいよ幕府も倒されるとか、いろんな噂が町中を飛び交った。

その年の秋、将軍一橋慶喜によって、大政奉還《たいせいほうかん》が決められた。二百六十年以上続いた江戸幕府が終わりを告げたのであった。それで世の中がおさまったかというと、そうはならなかった。

せっかく幕府が大政奉還を決めたのに、薩摩と長州が幕府を武力で叩《たた》きつぶそうとしたのだ。大政奉還を決めたといっても、幕府の中心勢力である徳川家は十分な戦力と財力をもっていた。それに従おうとする藩もまだたくさんあった。

翌年の慶応四年、めでたいはずの正月三日に、京都の鳥羽《とば》・伏見《ふしみ》で旧幕府軍と新政府軍が激突した。新政府軍は薩摩藩と長州藩を中心とした五千ほどの兵。旧幕府軍はその三倍のおよそ一万五千であった。しかし時代の流れなのか、旧幕府軍は敗退する。

この戦いでも、兵士にかぎらず町人をふくめて多くの死者を出し、また町そのものが焼かれた。鳥羽や伏見は洛外、つまり都の外であるが、家々の焼ける匂いや砲撃音がお良の住むあたりまで届いてきた。

四日には勝敗の決着がいちおうつき、旧幕府軍の本隊は大坂へと敗走した。その軍をおきざりにして、将軍の一橋慶喜は江戸に逃げ帰る始末であった。ということは、決戦を江戸で考えているということでもある。「次は江戸が火の海になるやろな」と人々は噂した。

まったく侍というのは、ろくなことをしない。お良は心底そう思った。

五日あたりからは、新政府軍による落武者狩《おちむしゃが》り、残党狩りがはじまった。旧幕府軍について大坂まで行った兵もいるが、逃げ遅れた者や旧幕府軍を見限った者もいた。だが、残党は残党である。

その日、お良はいつものように店番をしていた。祖父は『藤右衛門』をどこかのお公家さんのところに届けるために外出していた。店の建物は二階建てだが、こぢんまりとした家であった。もともとは下御霊神社の使用人か何かが住んでいたらしく、今でも土地そのものは下御霊神社の敷地に属していた。

こぢんまりとはしているが、一階には店と、奥には菓子をつくる仕事場があり、裏には井戸もあった。下御霊神社とおなじ水源だから、いい水が出た。『藤右衛門』がおいしく作れるのは、この水のおかげだと祖父はいつも言う。

その井戸のあるわずかばかりの空間は、神社の宮司の住む家に通じていた。人がひとりようやく通れるかどうかの筋のような道になっていた。とちゅうに竹垣《たけがき》をおいて通れなくしていたのだが、猫などがときどき行き来した。

その井戸のあたりで何か音がしたような気がして、お良はのぞきにいった。叫び声をあげそうになったが、あわてて口元を手でおさえた。それでもひっという声が出た。お良ははじめ、神社に祀られている怨霊《おんりょう》が出たのかと思った。だが、それは人であった。しかもひどく若く、少年といってもいいくらいであった。たぶんお良とおなじくらいだろう。

落武者であった。白いはちまきはりりしかったが、血と汗で汚れていた。足軽ふうの胴をつけていたが、兜も脛当《すねあ》てもない。正規の兵士ではない感じがした。着物も袴も血糊《ちのり》や土でごわごわになっており、左腕には包帯のかわりに布がまかれていた。自分の血なのか、斬った相手の血なのか、袖《そで》から出ている両手は赤黒くなっている。

お良の顔をみた瞬間、若い落武者はひどくおびえた目をした。そばにおいていた刀をとろうとして、斬られた傷が痛んだのか「うっ」とうなり声をあげた。その刀も、戦いの激しさをあらわすように刃こぼれがし、刀身がわずかにまがっていた。血糊もべったりとつき、それが乾いて黒くなっている。

「どないしはったんどすか」

落武者とわかっていたが、お良は思わずそう聞いていた。

腕の痛みに顔をしかめながら、若い侍は言った。

「水を所望いたしたい。かまわぬか」

「もちろんどす。なんぼでもおあがりやす」

お良はそう言って、柄杓《ひしゃく》をさがした。いつもの場所にない。

「もうしわけない。すでに、ことわりなく飲んでおりました」

すまなそうな顔で、侍はうしろにかくしていた柄杓を出した。

このお侍は悪い人ではない。お良はとっさにそう思った。そのとたん、侍がかわいそうでならなくなった。おそらく、猫の通り道あたりで、一晩じゅう隠れていたのだろう。侍は十五歳で元服を迎えるというが、見た目にはそれくらいに見えた。

「ちょっと、待っといておくれやす」

お良は、おやつにと祖父がおいてくれていた『藤右衛門』の切れ端を、皿にのせてもってきた。

「こんなもんでよろしければ、おあがりやすか」

予期せぬ対応に、侍はおどろいた顔をした。けれどもすなおにうなずいた。

「ありがたく頂戴《ちょうだい》いたします」

侍は一礼すると、切れ端をひとつ口にした。そのとたん、鼻をぐずりと鳴らした。

「うまい。ほんとに、うまい。なんという菓子でありますか」

「おじい……、祖父がつくっております『藤右衛門』という菓子どす」

二口三口と食べ、侍は両目から涙をこぼした。

「うまい。ほんとに、うまい」

泣きながら、若い侍は切れ端を平らげた。じぶんが泣いているのにも気づいていないような食べ方だった。それから地面に額《ひたい》がつくほど頭をさげて言った。

「もうお察しとは存ずるが、夜になるまで、ここにいさせてもらいたい。迷惑《めいわく》はけっしてかけません。夜になれば、出ていきます」

「行くあてはおありどすか」

「はい」

お良はそれ以上は聞けなかった。侍は柄杓でもういちど水を飲むと、一礼して猫の道へもどった。

夕餉《ゆうげ》のときに祖父に気づかれるのではないかと、お良はどきどきしていた。そのどきどきが、ちっともいやでないのが、ふしぎといえばふしぎであった。どこかわくわくする気もちがあったのだ。

猫の通り道だから、猫に餌《えさ》をあげるふりをして握《にぎ》り飯《めし》でも置こうかとも思った。さすがにそこまですると祖父に気づかれるだろう。お良は侍のことが心配であったが、その夜はそのまま寝床《ねどこ》についた。

翌日、井戸のよこから猫の通り道をのぞいてみたが、すでにそこには侍の姿はなかった。

この戊辰《ぼしん》戦争とよばれる戦は、鳥羽・伏見の戦いから始まり、新政府軍が旧幕府軍を江戸、会津、箱館《はこだて》と追いつめていく半年間にもわたるものとなった。それから江戸が東京と名を変え、新しい天皇が即位した。慶応四年の九月に、元号も明治となり、新天皇は東京へ住まいを移した。いつのまにか日本国の首都が、京都から東京に変わっていったのだった。

天皇もいなくなるし、禁門の変で焼け野原になったままだし、おまけに天皇にくっついて公家たちもこぞって住まいを移していった。有力な商人たちも、遅れをとってはならないと堰《せき》を切ったように京都から出て行った。残された京都の人々は打ちひしがれ、嘆《なげ》きの声が町中にあふれた。幕末に京都の人口はおよそ三十五万人だったというが、この頃は二十万人に減ったともいわれている。

祖父のつくる『藤右衛門』もとたんに売れなくなった。そんな最悪の時期に、菓子職人として弟子入りをしたいとやってきた若者がいた。

丁髷《ちょんまげ》をきってざんぎり頭にしていたのではじめはわからなかったが、あのときの落ち武者の少年であった。肩幅も背も大きくなっていた。ただ侍臭さが残っていて、菓子職人になろうとする人間には見えなかった。それでも祖父は、何かを感じ取ったのだろう。「なぜこんな時節にわざわざ菓子職人なんぞに」と問うた。

山本省吾《やまもとしょうご》と名乗った若者は、鳥羽・伏見の戦いのあと、ここで菓子を食べさせてもらったことを正直に話した。実家は若狭小浜《わかさおばま》藩の郷士で、三男坊なので家を継ぐ必要も無い。なによりも、『藤右衛門』があまりにもおいしく、こんな菓子を生涯《しょうがい》つくれたら、そして人様によろこんで食べてもらえたら、これほどすばらしいことはない。そんなことを、落ち着いた声で淡々《たんたん》としゃべった。

「お侍気分ではできひん仕事どすが、がまんできますかな」

山本省吾はしずかな声で答えた。

「いちど捨てた命です。もういちど生きるなら、菓子を作りたいと」

祖父はなぜかすんなりと認めたのであった。

ただ、弟子への指導はきびしかった。最初の三年間は、仕事場へさえ入れさせなかった。それどころか、祇園にある料亭に夜は下働きに出させ、わずかな給金さえも祖父に渡すように命じた。おまけに昼間は店の掃除や注文取りなど、寝る間もないくらいにこきつかった。

「つろおすやろ。ほんまに、おじいちゃんは、なにを考えてはるんやろ」

お良がなぐさめるように言っても、省吾は「いえ。これも修業ですから」とわらうだけであった。

その間に、藩というものがなくなり、県と呼ばれるようになった。新政府から知事が派遣され、すべての藩は新政府によって管理される仕組みがととのった。ただし京都は県ではなく、東京・大阪とならんで府となった。このとき新政府から派遣された府知事が、京都を復興させようと様々な施策をとった。税金の免除や産業をおこすための資金援助などである。京都の商人や町人たちも、このままでは京都が沈んでしまうという思いから、その施策に応じて動き出した。町に活気が出てきたのだった。

そうして祖父の作る『藤右衛門』も少しずつ売れるようになっていった。新しく店をたて直したひとや、商売がなんとかもとにもどったひとたちが、「いちばん苦しいときにたすけてもらいました」と言って、『藤右衛門』をまとめ買いしてくれた。

明治四年には、京都をもりあげようと西本願寺で博覧会が催された。これが大好評で翌年も行われ、さらに明治六年には会場を御所に移し、西陣織や清水焼などの展示、めずらしい動物も見物できるようにした。翌年には外国から輸入した機械類を展示するなど、京都の復興と足並みをそろえるように盛大な催しになっていった。外国からの観光客もふえ、御所のすぐ近くにある藤右衛門の店も、菓子作りが追いつかないほどの注文が入った。

見習いの省吾が、祖父の仕事場に入ることをゆるされたのはその頃からであった。あいかわらず厳しい祖父であったが、省吾は師の指示によく従った。決心の深さというか、その精神の強さに、お良は驚きつつもそれは尊敬となりやがて信愛となっていった。

省吾は一階の板の間で夜は寝る。祖父とお良は二階の二間にわかれてそれぞれ寝た。省吾とお良の間で、互いの心を確かめ合うようなことは一度もなかった。お良は気がつくと省吾を見ていることがあった。しかし省吾のほうから視線を合わせてくることはなかった。

お良にはこれまで何度か縁談の話があったが、祖父を残して嫁ぐわけにはいかなかった。

養子縁組の話もなくはなかったが、なぜか祖父が嫌がった。そうしてお良は二十代半ばとなり、この時代としては婚期をほぼ逸《いっ》した年齢となっていた。省吾という見習い職人が同居していることから、近所の人はいずれふたりがいっしょになるのだろうと噂していた。

お良も内心それは感じていた。待つしかなかった。そして、それは唐突に祖父の藤右衛門の口から出た。

一日の仕事を終え、夕餉を一階の板の間でとろうとしたときだった。使用人は部屋のよこにある廊下で食べることになっていた。ところがその日は、祖父が「省吾のお膳《ぜん》も部屋へ置き」とお良に言った。

祖父は黙って食べ終えると、お良が食べ終えるのを待った。省吾はさらに早く食べ終わっていた。いつになく緊張した空気が漂い、お良は祖父の口から何かよくないことが告げられるのではないかとどきどきしていた。

お良が箸《はし》を置いたとたん、祖父が口をひらいた。

「この孫は、紀州の小浦というところで生まれました。わしのひとり息子の娘というわけや。この子の母親というのが、上七軒《かみひちけん》で芸子《げいこ》をしていた女で、ふたりは恋仲になってもうたというわけや」

お良の心臓は破裂しそうに鳴っていた。はじめて聞く話だった。

祖父は話を続けた。

「芸子というても、芸と教養をきちんと身につけた芸妓《げいぎ》で、もとは武家の血筋やと聞いとります。千勢《ちせ》というのが本名で、息子は身請けしていっしょになった。だが、息子はわしとどうしても反《そ》りが合わんで、ここを出ていきよった。世間では、わしが息子を勘当《かんどう》したように言うが、ほんまはちがう。息子のほうから、わしとの縁を切ったんや。そうされても仕方がないほど、わしは息子に辛《つろ》う当たったたしな」

祖父はそこまで言って、茶を飲んだ。

お良と省吾はだまって聞くしかなかった。

「わしは蘭方医《らんぽうい》になりたかった。だが、わしの父親も輪をかけたような頑固者で、ようするにわしは家を継ぐことになった。けど反発して、おやじの作る菓子なんぞばかにした。そうして作りあげたのが『藤右衛門』や。じぶんの名を菓子につけるなんぞ、思い上がりもここまでくれば見上げたもんや。だからわしは、息子にもじぶんでじぶんの菓子をあみだせと言い続けた。まあ、そんなわけで、息子は嫁といっしょに出ていった。息子からは一度も連絡はこなかった。けど、嫁の千勢からはときどき便りがあった。元気に暮らしていることや、女の子が生まれたことや、良という名をつけたこと。わしの亡くなった妻の名をとってつけてくれたんや」

　そこで祖父の声がふるえた。

　お良はこんな涙声の祖父を見たことがない。

　祖父はとつぜん正座のまま後ずさりすると、両手をついて頭をさげた。

「省吾はん。お頼みします。どうぞこの子を、もろうておくれやす。どうぞ、どうぞ、お頼みもうしあげます」

　畳《たたみ》に両手をついている祖父の肩がはげしくふるえていた。嗚咽《おえつ》のようなものも漏《も》れている。

　お良の目からも涙があふれているのだが、それさえ気づかないほど祖父の姿に心を揺さぶられていた。

　省吾のほうがこんどは正座のまま後ずさった。何の躊躇《ちゅうちょ》もない動きであった。それから両手をつき、床に額がつくほど頭をさげた。

「もったいないことどす。わたしのような者でよければ、お良さんが承知しておくれやすなら、お断りする理由はひとつもありまへん」

慣れない京ことばで、省吾はそう言ってくれた。

縁談は親やまわりが決める時代であった。否《いや》も応《おう》もなく、娘は決められたとおりに嫁《とつ》ぐのが当たり前でもあった。そんな時代にあって、本人の目の前で縁談の話が出、さらに心密かに思っていた男からほとんど告白にちかい形で答えを返してもらったのだ。お良はうれしくて、両手で顔をおおいながら泣くしかなかった。


お良と省吾が結婚して二年後、明治十年には長男が生まれた。明俊《あきとし》というりっぱな名前を祖父がつけてくれた。

あれだけ頑固一徹で、他人の言うことなどほとんど聞きもしなかった祖父だが、婿《むこ》となった省吾の言うことにはよく耳をかたむけた。少々納得のいかないことでも、省吾の考えどおりにさせるのだった。菓子作りも商売も、いずれはすべてをまかせる覚悟《かくご》なのだ。

省吾は若狭の小浜に実家があり、もとは郷士格の家であった。正式な藩士ではないが、武士として認められた者が郷士である。ふだんは農業などをしているが、武術や教養も身につけていた。

省吾は鳥羽・伏見の戦いのことは何も言わない。けれど根っこには侍の魂をもっているはずだった。ただ祖父のもとに弟子入りしてからは、それを表に出すことは一度もなかった。だからこそ、祖父は弟子として鍛《きた》えたし、孫のお良といっしょにさせたのだ。

省吾はよく働いた。菓子作りの勘《かん》もいいらしく、祖父の技術をよく吸収した。商売のほうにも才があり、身につけた教養と経験を活かして、さまざまな客とつながっていった。物腰がやわらかく、嘘をつかず、かといってへつらうこともなく、どこか一本筋が通ったような人柄が信用されたのだった。

明治十五年には、寺町通りをはさんだ向かい側に、新しい店を構えた。屋号の井野屋藤右衛門からとって『井乃屋菓子舗《いのやかしほ》』という大きな看板をかかげた。井戸の水が心配であったが、うまいぐあいに下御霊神社の水源と同じものであった。

井乃屋菓子舗になってからは、『藤右衛門』のほかに、みかんや牛の乳などで味付けしたものを開発したり、新しい京菓子を作ったりして、商売は繁昌した。新たに菓子職人や売り子なども雇い、お良にも三人の子ができた。

店からは、正面に下御霊神社の朱の鳥居と、神門、舞殿、そのおくに神殿が見えた。神社の左隣には、以前の家がある。

祖父の藤右衛門は、こっちのほうがええからと、今でもまえの家に住んでいた。商品としての菓子作りは省吾にまかせて、今は味見を担当するくらいであった。

省吾はほとんど遊びをしない人であったが、書物を読むのを道楽がわりにしていた。お良はひらがながなんとか読めるくらいなので、こどもといっしょになって、省吾に講談ものや御伽草子《おとぎぞうし》などを読んでもらっていた。

そんなおり、夕餉のあとに省吾が熱心に本を読んでいた。その挿絵《さしえ》に、お良の目がとまった。二人の侍が描かれていた。右の侍は短銃をもち、左の侍は反対側をむいて刀を構えている。まわりを敵に囲まれて、二人の侍が力を合わせて戦っている絵であった。絵の下には、名前も書かれている。刀をもっているのが中岡慎太郎《なかおかしんたろう》で、右の短銃をもっているのが坂本龍馬《さかもとりょうま》。ひらがなで「さかもとりうま」と読み仮名がふってあった。

お良の心臓がとくりと音をたてた。

「おもしろいどすか」

省吾は顔をあげてうなずいた。

「汗血千里駒《かんけつせんりのこま》という話でな、ほんまにおもろいえ」

言いながら、省吾は表紙を見せてくれた。

紋付《もんつき》を着たりっぱな侍が表紙に描かれていた。扇子《せんす》を膝につき、腰の刀にかるく手をお

目。き、背筋をのばしている。そして顔は、濃い眉に、いつもわらっているように細めている

ひょっとして、このお顔！

お良は坂本龍馬というのはどんな人なのかと、省吾にたずねた。

幕末に活躍した土佐の侍で、仲の悪かった薩摩と長州の手を結ばせたり、勝海舟のつくった神戸の海軍操練所の塾頭になったり、関門海峡《かんもんかいきょう》での幕府軍との戦いで長州を勝利に導いたり、大活躍した人だと教えてくれた。ようするに、明治時代へと日本国を導いた英雄だという。

たしか才谷梅太郎と名乗る侍が、「神戸の海軍操練所で船のことを学んでいる」と言っていた。いつかふたりで来たときには、もうひとりの侍が、梅太郎のことを「りょうまさん」と呼んでいた。幕末の志士は、偽名《ぎめい》をつかって身を守ると聞いたことがある。才谷梅太郎は、本名を坂本龍馬というのかもしれない。いや、たぶんまちがいない。

「うちにも読んどくれやす」

「はじめから？」

「いやどすか」

「じゃあ、読んであげまひょ」

汗血千里駒という題名どおり、血湧《ちわ》き肉躍《にくおど》るおもしろい話であった。千里駒というのは、主人公の龍馬をさすらしい。千里も駆ける馬。なるほど物語では、土佐から京都、江戸、神戸、長州やら薩摩やら、坂本龍馬は縦横無尽《じゅうおうむじん》に駆け抜けている。

江戸では、あの有名な千葉道場で剣術を習い、また勝海舟の弟子になり、京都では妻となる女性と出会い、幕府の密偵《みってい》や刺客と戦い、薩摩と長州をつなぎ、ついに大政奉還までこぎつける。華々しく表で活躍するのではなく、常に裏方の仕事に徹して、じぶんの名誉や出世のためでなく、この日本国のために骨身を削るような大仕事を成し遂げていく。そして新しい明治という時代が開かれようとするその直前、坂本龍馬は暗殺されるのだった。場所は河原町の近江屋《おうみや》。お良の家からも近い。

難しい漢字がたくさんある本だが、省吾に読んでもらうと、まるで講談を聞いているように軽快で調子がよかった。数日かけて読んでもらったが、こどもや使用人の丁稚《でっち》もいっしょになって耳をかたむけた。

最後の暗殺場面では、みんなして涙を流してしまった。まさに波乱万丈、命をかけて時代を開いていった英雄、坂本龍馬であった。世間でも大人気の本で、土佐の坂本龍馬を世に知らしめた書でもあった。

たしかに心を揺さぶられたが、お良が知っている「才谷梅太郎」の印象とはだいぶちがった。物語としておもしろおかしく書いているような気がした。

あとで祖父も読んだらしく、「才谷はんは、坂本龍馬にまちがいない」と言った。

だとしても、お良が知っている坂本龍馬は、明るいけれどどこか物静かな、そして深い心の傷や、じぶんでも扱いかねるような恨みのようなものを抱えている人に見えた。そのくせ、いや、だからこそなのか、じぶんの中にある闇《やみ》を乗り越えようとしていた。つまり、英雄豪傑《ごうけつ》などではなく、もっとふつうの、身近な感じのする人だった。

「恨みで成仏できん御霊を利用するがは、卑怯なやり方かもしれん」

ふいに、あのときの言葉がお良の胸によみがえった。

恨みで鬼神となった怨霊を、逆にその恨みの力を利用して我が味方につける。たしかに卑怯だ。お良もそう思った。

だいじなのは、恨みをもって死んだ人々に、もうけっしてこのようなことが起きないようにしますと誓《ちか》うことだ。あのときの梅太郎はそう言いたかったのではないか。

お良は十歳のときに京都へやってきて、となりに下御霊神社があることに驚いた。紀州小浦にあった神社とそっくりの名であったからだ。だが、そこに祀られているのが、非業の死を遂げた人々であることを祖父から聞かされた。それからは、なんとなく恐ろしく、用事がないかぎり境内には入らなかった。

けれども、梅太郎の思いを聞いてからは、そして禁門の変や鳥羽・伏見の戦いで多くの人が死んでからは、毎日神社にむかって手を合わせていた。

お良にできることはほとんどない。女性に選挙権もない時代であった。時代の流れと、武器をもった男たちの争いを、悲しい気もちで見ているだけだった。

「御菓子おあがりやす」

お良にできることはそれくらいしかなかった。甘いお菓子を食べて、お茶を飲み、心を落ち着かせておくれやす、なんのために血を流し、人を殺《あや》めるのどすか。

その思いがはじめて通じたのが、夫の省吾であった。そして、その思いの元は、才谷梅太郎に言った祖父の「御菓子おあがりやしておくれやす」である。

そして汗血千里駒という話を聞き、お良はじぶんの中でもやもやしていたものが、ようやくはっきりした。たかが菓子だとばかにされるかもしれないが、それでもいい。夫の省吾とともに、井乃屋の菓子を日本一、世界一にして、おいしいお菓子をすべての人が毎日食べられるような世の中にしたい。

祖父は老いてもじぶんだけの『藤右衛門』をまえの家で焼き、ときどきどこかに持って出かけた。お良も省吾も行き先は知らないが、ときどき「あのときはお世話になりました」という客がやってくる。お良は、祖父の生き方をあらためて学ぶのであった。

その祖父も、明治二十七年に亡くなった。日本と清国《しんこく》が戦争をはじめた年であった。井乃屋の菓子は順調に売れたが、世の中は、きな臭くなっていくばかりであった。

明治三十七年二月には、ロシアと戦争状態になった。日露戦争である。徴兵令は明治二十二年に出されていたが、この日露《にちろ》戦争でも多くの若者が兵隊にとられていった。お良のこどもは三人いたが、長男の明俊はこのとき二十七歳で、跡取りとして店で働いていた。長女の美也《みや》はすでに嫁ぎ、次男の正治《まさはる》は二十二歳だった。いつ兵隊にとられてもおかしくない。

お良はそれがいやで、正治を大学に入れた。兵役逃《へいえきのが》れだと世間で言われることもあるが、それがどうしたとお良は思う。わが子を戦争にとられて死なせてなるものか。幕末のように国の中で争うのもばかげているが、よその国にまででかけて、よその国をぶんどる盗人のような軍隊に入れるのはぜったいにいやだった。

日露戦争がはじまったあとのことであった。夕餉のあと、居間で新聞を読んでいた省吾が言った。

「なんともふしぎなことやで」

「なにかおもしろい記事でものってはりますか」

繕《つくろ》い物をしながらお良がたずねると、省吾はうなずいた。

「皇后《こうごう》さまが、ふしぎな夢を見たそうや。白装束の侍が夢枕に立ってな、坂本龍馬やと名乗ったそうや。そして、『魂魄《こんぱく》は海軍にとどまり、いささかの力を尽くすべき候《そうろう》。勝敗のこと、ご安堵《あんど》あらまほしく』と言うて消えたらしい。その話を聞いた宮内省《くないしょう》の大臣が、坂本龍馬の写真を見せたところ、皇后さまは確かにこのひとですとお答えになられたというんや」

天皇の妃《きさき》である皇后が夢を見たのは二月で、京都の新聞に出たのは四月であった。しかも東京の新聞でこういう記事が出たということを、又聞きのように書いたものである。ロシアには世界でも有名なバルチック艦隊《かんたい》があり、それを迎え撃つのが日本海軍の連合艦隊であった。もし海戦で負けるようなことがあれば、日本の敗戦につながるかもしれない。そんな時期に報じられた記事であった。

お良はちょっと首をかしげた。

「まるで坂本龍馬さんが、海軍の守護神《しゅごしん》になったみたいな話やな。どことのう、うさん臭い気がする」

幕末に非業の死を遂げた坂本龍馬が、鬼神にされようとしている。

お良はこの記事の狙《ねら》いをすぐに見抜いた。悲しさよりも、腹立たしさのほうが先立った。

省吾はうなずいてくれた。

「なるほど。お良さんの言うとおりかもしれんな」

きっと、皇后様は利用されているのだ。お良はそう思った。しかしそこまでは口にしなかった。

また、日露戦争の新聞記事は、遼東《りょうとう》半島の旅順をめぐる攻防戦についてが多かった。夏にはじまったこの戦いは、二百三高地という高台を占領するためのものであった。第一回めの総攻撃で、日本軍の兵士に一万五千名もの死傷者が出た。二百三高地に要塞《ようさい》をつくっているロシア軍は、さえぎるものがない荒地を駆け上がってくる日本兵を狙い撃ちにした。

第二回めの総攻撃は十月に行われ、日本側の戦死者およそ一千名、負傷者二千八百名。

ところが新聞では、この戦争を華々しく報道した。号外を連発し、日本軍が勝利しているような印象で書かれていた。また戦死者の経歴や家族友人などの言葉も掲載され、その勇士ぶりなどが報道された。

そうした報道に歓喜する人々もいたが、お良のまわりの人たちは、たくさんの兵士が戦闘や病気で死んでいっていることを心配した。

このままでは、兵士として死んでいった若者たちも、神にされて利用されてしまうだろう。お良ははっきりとそう思った。いずれ次男の正治も兵隊にとられるだろう。いや、孫たちも、やがては戦場に狩り出されるにちがいない。

それは、いやや。

ぜったいに、いやや。

けど、どうしてこんなことになったんやろ。

うちが京都へ来た頃は、天皇さんもお公家さんも、和歌やお茶やお菓子が好きなおだやかな人ばっかりやった。京都の人は、天皇さんと親しく呼んでいた。お公家さんたちも、争いや血を見ることをいやがるひとがほとんどで、やさしいひとたちなんや、とおじいちゃんも言うてはった。うちもおじいちゃんと、一条様のお宅やあちこちのお公家さんのお家に『藤右衛門』をもっていったことがある。大きなお家から出てきはった使用人のお方も、えらい上品で、物腰のやわらかい人ばっかりやった。

それがどうしてこんなことになってしもうたんやろ。東京へ行かはった天皇さんは、お写真ではいかめしいお髭をはやし、軍服に剣をもってはる。いつのまに西洋の武士にならはったんやろ。まるで、京都にいてはったころの天皇さんとは、ぜんぜん別人のようや。

天皇さんも、利用されてはるんやろか。

お良はひとりごとを言いながら、ふと思い出したことがあった。

公家の一条様のことである。そこにお姫様《ひいさま》が何人かいたが、「ふき」様とよばれるお姫様と一度だけ会ったことがあった。そのお姫様が、今の天皇の妃、つまり皇后様になられたと聞き、あとでびっくりしたことがある。

京都の御所近くに一条様のお宅があり、『藤右衛門』をもって祖父といっしょに何度か参上したことがある。『藤右衛門』のお得意さんであったのだ。そのとき、御門のところから従者をつれたお姫様が出てきた。細面のきれいな人で、お良をみるとほほえんでくれた。

もちろん言葉をかわすことはなかった。『藤右衛門』を渡すのも、使用人がつかう横手のちいさな入り口なので、御門ではたまたま出会ったにすぎない。それでも、あのやさしいほほえみは忘れられなかった。

「ふき様いうてな、ここのお姫様や」とあとで祖父が教えてくれた。

ふき様に会われへんやろか。

お良はとんでもないことを思いついた。だが、いったん思いつくと、居てもたってもいられなくなった。

「省吾はん。話を聞いとくれやす」

ふだんは旦那《だんな》はんと呼ぶが、あらたまった話のときは、省吾はんと呼んだ。

お良は胸のうちを話し、「とびきりおいしい『藤右衛門』を焼いておくれやす」と話を結んだ。

あまりに突拍子《とっぴょうし》もない話で、しかもひとつまちがえば狂気《きょうき》の沙汰《さた》と思われる計画であった。さすがの省吾も腕を組んでうなり声をあげた。

だが、お良の気持ちもよくわかる。だからといって、へたをすれば捕まり監獄《かんごく》に入れられるかもしれない。とてもひとりで行かせるわけにはいかなかった。

「わかりました。けど、ひとりで行かすわけにはいきまへん。わたしがお供いたします。明俊には、東京見物やと言うときまひょ。かまいません。もし何かあっても、店は明俊がやってくれるはず。いえ、わたしもお良さんとおなじ気持ちどす。このままだまって見てるわけにはいきまへん。東京へ、宮城《きゅうじょう》へ参りましょう。『藤右衛門』をもって、参りましょう」

「つかまるかもしれまへんで」

「お良さんといっしょなら、どこにでも行きまっせ」

お良は夫のありがたい言葉に胸がつまった。

「おおきに。けど、一回であかんかっても、うち、なんどでも行くつもりでっせ。それでもよろしおすか」

「なんどでも、なんどでも、お供しまっせ」

お良、この時五十三歳。省吾は五十二歳。

木枯らしが吹き始めた京都駅から、東京行きの列車にふたりは乗り込んだ。

天皇と皇后のいる宮城へ行き、御菓子を食べてもらう。京都の甘くて心がほっこりする御菓子『藤右衛門』をである。そして、できれば皇后様に直接会いたい。会って、母というものの心をお話したい。こどもを戦争にとられることの辛さをお伝えしたい。戦争にとられる息子も地獄、行かせる親も地獄。それはこの国、彼《か》の国に関係なく、すべての親の思うこと。

「御菓子おあがりやしておくれやす」

そして軍人になってしまった天皇さんにも伝えたい。

「御菓子おあがりやしておくれやす」

すべての民が、おいしいお菓子を食べて、安心して暮らせるように。

互いが互いに、うれしい顔をして言えるように。

「御菓子おあがりやす」

女の考えることはだから甘っちょろい。世の中は、世界というのは、そんな菓子くらいで変わるものか。

きっと世間からはそうばかにされるだろう。

だが、お良は言いたい。夫の省吾とともに、言い続けたい。

御菓子おあがりやしておくれやす。

波

紋

スケッチが完成すると同時に、幻は静かに消えていった。

セミの声がふたたび耳にもどってきた。

額と首筋に汗が流れおちている。そしてあかりの両目からも、熱いものが流れていた。

ぽたぽたとスケッチブックの絵をにじませ、あかりはじぶんが泣いていることに気がついた。

まわりに人がいないか、あわてて見まわした。だれもいない。ちいさなころから、ひとに涙を見られるのがいやな子であった。

汗をふくふりをして、あかりはハンドタオルで顔をふいた。

あかりの推理は、もう確信に至っていた。

あの男女は、何度も生まれ変わり、何度も出会い、じぶんたちの魂を高めようと生きたのだ。そして、人の世のためになることをしたいと、思い続けてきたのだ。それは、いまもどこかで続いているのかもしれない。

子孫であるあかりに、それを伝えたかったのだろうか。

強がりで意地っ張りで、ほんとうは臆病《おくびょう》で弱虫で、いろんな悩みやコンプレックスに打ちひしがれているくせに、そして力のないじぶんにあきれはて将来への不安にさいなまれているくせに、とくに問題なしみたいな平気な顔をして生きているあかりに、いちばんだいじなことは何かを知らせてくれたのかもしれない。

いや、子孫としては、あの男女の魂に祝福をおくるべきだろう。

よくがんばっているね、と。

わたしもがんばるよ。

そうこたえるべきなのだろう。

あかりは素直にそう思った。

今日までのことは、和江《かずえ》さんにはしゃべってもいい気がした。

大昔にいた大巫女様は、和江さんにそっくりだったとからかってやろう。

くすっとわらったとき、背後で騒々しい声がした。

地元の高校生らしきひとたちが、短パンにTシャツで手水舎にいた。四、五人いる。みんな男子であった。白いTシャツの背中に、「鴨沂高校　弓道部」とプリントされていた。

鴨沂高校。なんと読むのだろう。

Tシャツの漢字の下に「ＯＨＫＩ」とあった。

おうき高校、か。

部活のランニングで喉《のど》がかわき、水を飲んでいるらしかった。
その中のひとりが「うっめぇ！」と言いながら、汗だくの顔であかりのほうを見た。
胸がとくんと鳴った。と同時に、
あかりの心に、大きな波紋のようなものが広がった。
知っている。あの目は知っている。
あかりはそう思った。
セミの声がいっそう高まり、そのTシャツの人もまだこちらを見ていた。

あとがき

あかりの先祖が選んだ家紋は「二つ蝶」です。正確にいうと「変わり二つ蝶」というものです。

蝶を描いた家紋を、蝶紋といいます。

蝶紋にもいろいろありますが、華やかな揚羽蝶が選ばれることが多いようです。たいていは、一匹で描かれるか二匹の向かい合わせです。しかし「変わり二つ蝶」は揚羽蝶ではありません。華やかさもありません。触角と羽を思いきり広げた二匹の蝶が、重なりつつもちがった方向に飛び立っていく姿です。デザイン的な美しさよりも、何か物語的なものを感じさせる蝶紋です。

家紋には、そのデザインを選んだ先祖の歴史や思いが込められています。蝶の他に、朝顔や梅、雷や月、波や笠など、ありとあらゆるものが家紋となっています。それぞれに意味が込められているのでしょう。

さて、蝶ですが、この昆虫には昔から特別の思い入れが人間にはあったようです。現在では、美しく可憐《かれん》で、人に害をおよぼさない生き物というイメージがあります。しかし意外にも、古代の日本人は気味悪がっていたようです。我が国でもっとも古い歌集である万葉集には、四千五百首もの歌が収録されていますが、蝶を詠み込んだものがひとつもないといいます。不吉なものとして、詠み込まれなかったようです。また、蝶は死霊の化身だと信じる地方が、わりと最近まで各地にありました。

ところが今では、結婚祝いの熨斗《のし》袋には蝶々結び、開店祝いには胡蝶蘭という花を贈ります。「蝶よ花よと子を育てる」という言い方もあります。つまりおめでたいもの、かわいらしくきれいなものという意味で使われています。その転換期は、物語にも書きましたが、武士の台頭する時代と重なるようです。

一方、世界的に見ても、蝶はやはり特別な存在として扱われてきたようです。キリスト教では「復活」、仏教では「輪廻転生」、ギリシャ神話では「魂や不死」の象徴とされます。それは完全変態（卵から幼虫、蛹《さなぎ》、蝶へ）に、死と復活を人間が感じ取ったのだといわれています。

命というものの不思議さを、蝶を通して人は感じていたのでしょう。それはまた、人はなぜこの世に生まれ、そして死んでいくのかという問いを、はるかな昔からしてきた証でもあるのではないでしょうか。

命をもつのは、人間だけではありません。蝶や犬や植物や微生物もふくめて、命がなぜこの宇宙に誕生し、まるで星が明滅するように生まれては死に、生まれては死にを繰り返すのか。命を懸命に燃やして、燃え尽きると次の新しい命にバトンタッチをして、いったい命は何をしようとしているのか。どこへ向かおうとしているのか。

そんな問いかけを、人は今もしています。苦しい時や、死を間近に感じたときには、特にその問いをじぶんに向けて発します。

人はなぜ生まれ生きていくのか。あまりに大きな問いなので、すぐに答えは出ません。ふだんの生活の中では、すっかり忘れてさえいます。けれど、無意識の中に、人はいつもその問いをもっています。

その問いを面倒くさいものとして、意識的に排除しないかぎり、人は少しずつ人生の中で答えを出していくものです。まるで長い階段を一歩一歩上って行くようなものです。その時々の答えは、小さなものですが、着実に一歩上がっていきます。

その一歩上がったときに、人はどう生きればいいかが見えてきます。「なぜ生きるか」が「どう生きるか」という具体性をもつわけです。この「どう生きるか」には、大きくわけて二種類あるように思われます。ひとつは、他人にやさしい人になりたいとか、いつも明るい心で生きていたいとか、つまり生きる姿勢のことです。もうひとつは、コックになりたいとか、花屋になりたいとか、弁護士になりたいとか、生きる方法のことです。

けれど、その根っこに「なぜ生きるか」という問いかけがないと、「どう生きるか」は表面的なものになってしまいます。学校の先生が「ひとにやさしくしよう」と言ったからやさしくするとか、有名な大学を出たほうが幸せになれると親が言うから進学するとか、そういった生き方です。それは間違った生き方ではありませんが、真に充実した生き方にはなりません。

　ぼくは十代のころ、「どう生きるか」ばかりを考えていて、いつも失敗していました。「なぜ生きるか」と「どう生きるか」は、表裏一体のものだということに気づかなかったのです。

　それは年齢を重ねてもおなじです。いくら年をとっても、どんなにお金持ちになっても、人生を充実させるには、その問いかけをじぶんにし続けるしかありません。

『結び蝶物語』では、二つの魂がその問いを繰り返していきます。小さな答えを見つけては、じぶんの生き方をふりかえり、そこから新しい生き方を見つけていきます。そしてまた、なぜ生きるかをじぶんに問いかけていきます。そうした先祖の生きざまを、子孫であるあかりが見つめていきます。あかりもまた、これからの人生の中で、そのふたつの問いを繰り返していくことでしょう。

　街の通りを歩くと、多くの人たちが行き来しています。そのほとんどは、ぼくとは何の関わりもなく人生を生きています。つまり無関係な人々です。けれども、その人々のほとんどが、なぜ生きるかどう生きるかを、懸命に問い続けながら生きています。そう思うと、無関係と思っていた人々も愛《いと》おしい存在に見えてきます。ほんとうは、けっして無関係な人々ではないのでしょう。たぶんそれは、人間だけでなく、命あるものすべてに言えるのではないでしょうか。ぼくはそんなことを考えながら、この物語を書きました。

物語に登場する三つの神社は実在のものです。興味のある方は、いちど行ってみてください。行き方も物語の中で簡単に書いていますが、滋賀県の高宮神社と兵庫県の生石神社は少し不便なところなので、よく調べて行くほうがいいです。下御霊神社は京都の市街地にありますから、京都観光を兼ねて行くのもいいでしょう。あかりのたどった道と、三つの物語に登場する人々の気配のようなものを感じ取れるはずです。

横山充男

◉作者　横山充男（よこやま　みつお）

1953年、高知県に生まれる。『少年の海』で児童文芸新人賞、『光っちょるぜよ！　ぼくら』で日本児童文芸家協会賞（ともに文研出版）。おもな作品に、『ラスト・スパート！』（あかね書房）、『少年たちの夏』、「水の精霊」シリーズ、「幻狼神異記」シリーズ（いずれもポプラ社）、「鬼にて候」シリーズ（岩崎書店）、『夏っ飛び！』（文研出版）、『自転車少年（チャリンコボーイ）』（くもん出版）など多数。電子書籍に「天の磐笛」シリーズ（藍象舎）がある。

◉画家　カタヒラシュンシ

色鉛筆のみを基本とした描画で制作するイラストレーター。2014年より絵の制作を始める。装画を担当した書籍に、「ようするに、怪異ではない。」シリーズ（皆藤黒助 著／角川書店）、「あやかし屋台なごみ亭」シリーズ（篠宮あすか 著／双葉社）、「俺はバイクと放課後に」シリーズ（菅沼拓三 著／徳間書店）、『花木荘のひとびと』（髙森美由紀 著／集英社）、『緑の窓口～樹木トラブル解決します～』（下村敦史 著／講談社）などがある。

結《むす》び蝶《ちょう》物《もの》語《がたり》

2018年6月20日　初版発行

◉作　横山充男
◉絵　カタヒラシュンシ
◉発行者　岡本光晴
◉発行所　株式会社あかね書房
〒101-0065
東京都千代田区西神田3-2-1
電話　03-3263-0641（営業）
03-3263-0644（編集）
◉印刷所　錦明印刷株式会社
◉製本所　株式会社ブックアート
◉ブックデザイン　坂野公一（welle design）
◉協力　有限会社シーモア

ISBN978-4-251-02001-7 C0093
NDC913 191p 20cm
落丁本・乱丁本はお取りかえいたします。
定価はカバーに表示してあります。
https://www.akaneshobo.co.jp